貓之疑惑

阿谷 著

貓之疑惑
作者／阿谷
策劃編輯／周淑屏
美術設計／陳詩韻
出版發行／突破出版社
香港沙田亞公角山路 33 號突破青年村
電話：2632 0000　傳真：2632 0388
電郵：breakthrough@breakthrough.org.hk
網址：http://www.breakthrough.org.hk
http://www.btproduct.com
承印／陽光（彩美）印刷公司
2016 年 1 月初版 1 刷

The Curious Cat
by A Gu
First Printing, First Edition, January 2016

Printed in Hong Kong
ISBN 978-988-8246-89-2

本書採用環保油墨印刷

每一個
年輕人都應當
乘着夢想的
翅膀出航。
成長文學

目錄

序章

敬愛的　　先生／女士：

貴親人陳弱山先生於陽曆二零一四年十二月二十五日辭世，終年六十有八歲。

祈　節哀！

陳弱山先生的遺體已按中華人民共和國殯葬法妥為處理，骨灰撒入雲南省芒市怒江中。

陳先生大隱隱於市，樂善好施，其大部分遺產已按其遺囑安排，捐贈予芒市各小學和中學。

謹此。

然陳先生同時重視根源，疼愛同鄉子弟，生前已訂立遺囑，將最重要的資產留給其至親並後代。

本律師行為其在港遺產委託人，負責其遺產之一切執行事宜。

敬請　閣下接信函後來陳先生於雲南的故居一趟，本律師行將為　閣下詳細解説遺產的領取辦法（詳細地址及地圖見附頁）。

閣下必需親自前來，如未克前來，請派直系親屬為代表，並持有效代表委任信，否則，本律師行會當場宣佈　閣下在遺產繼承的法定人地位為無效。

本律師行已為　閣下預備前往芒市的機票，請於有效期內到航空公司領取。一切加位或機票轉名，本律師行均不負責。

屆時，　閣下將會知道，陳先生本人，以及其遺產之可貴。

熱切期待在芒市為　閣下效力！

陳弱山先生遺產執行人
林李尤律師事務所上

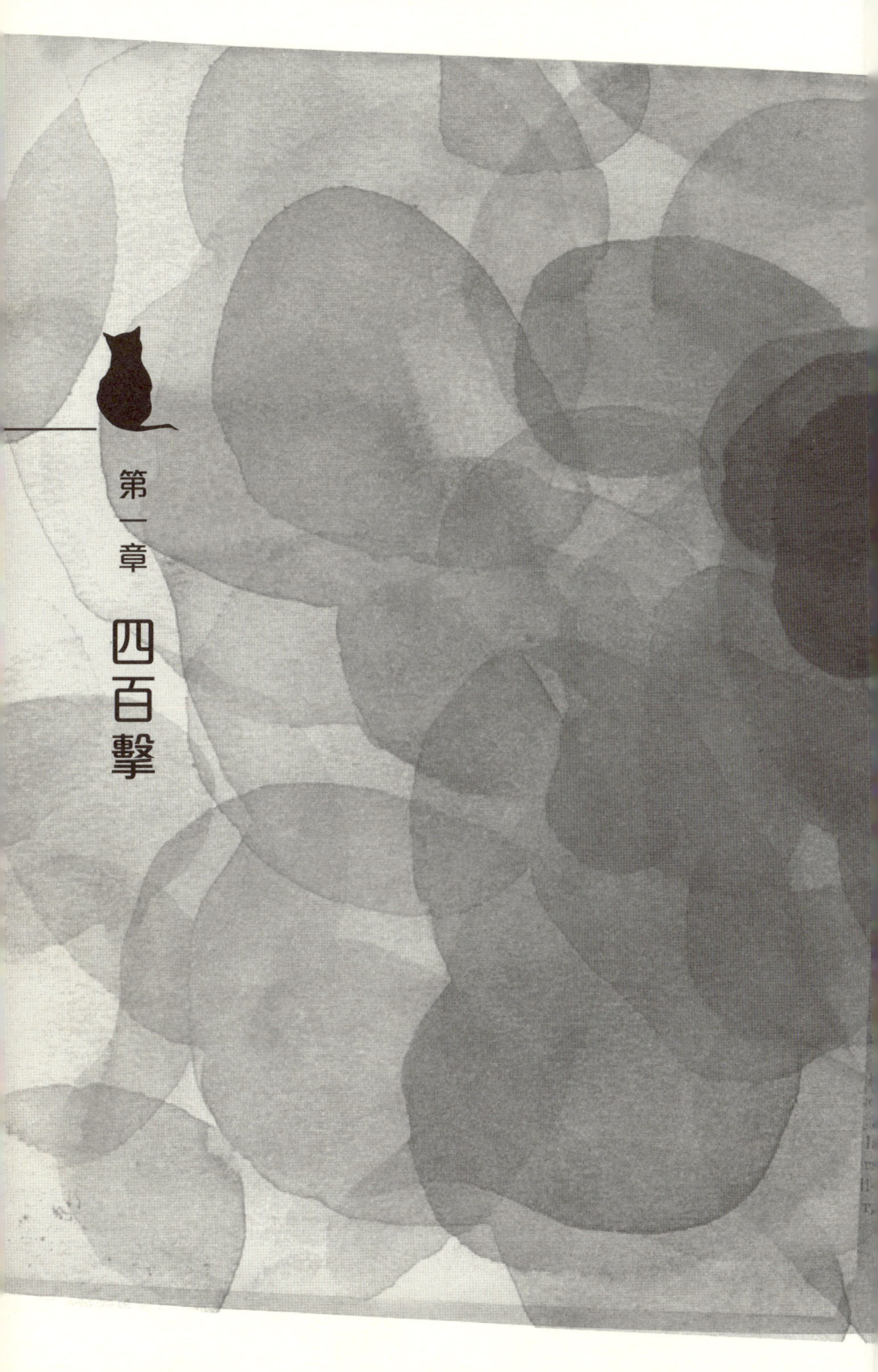

第一章 四百擊

1

盧餘人把掛號信看完又看，摺好了又打開，如是者三四次。最後，決定不再看，依着摺痕還原成長方型再對摺，放到卡其褸的內袋中。

但手掌還是按在胸口前，彷彿透過手掌，依然和來信取得某種聯繫。良久，才把手放下。

太太適巧從廚房走出來，拿着小燙壺，瞥一瞥丈夫的神情。

她坐到丈夫的身邊，倒出兩杯黑豆茶。

「是假冒的吧！」指的當然是盧餘人短褸內的掛號信。「小心啊，最近的騙案實在太猖獗！」

「還沒見過掛號信騙案呢！這家律師樓的地址也是真的。」

「你沒聽過錢財到手，人去樓空的新聞？」

「你的想像力太豐富啦！」盧餘人喝一口茶，另一隻手摸一摸妻子的頭蓋。近年，在這個頭蓋上冒出了不少白髮。

他的太太一笑。

「我才沒有想像力，只是每天都有類似的新聞報道，而且騙取的金錢數額也愈來愈驚人。」

「平生不作虧心事，夜半敲門也不驚。況且，以我們的階層，不會是騙徒的對象。」

丈夫又說教了，小涵也是怕了爸爸的說教本事，兩父子才漸行漸遠，妻子不得不立刻轉換話題。

「你真的認識陳弱山？跟你是近親，我竟然不知？」

「還記得穡舅父？」

妻子想了一想，捧着茶，坐直身子。

「噢！是舊舅父！就是神奇的舊舅父。」有點難以置信。

盧餘人點頭，「我一直舊舅父舊舅父的喚，所以你沒有留意他的名字！而且沒有來往少說也三十多年了！」

「我第一次聽你提起他，是他為情自殺。是他嗎？就是他？」他的太太忽然很好奇。

「就是他，消息從巴黎傳回來，說愛上了教美術史的法國籍老師，求愛不遂就自殺。」

「我記得！」太太精神為之一振，「當時他跑上繪畫室，吞下大量顏料。」

盧餘人望一望興奮的太太，暗笑，想不到誇張失實的愛情故事，讓老妻散發出少女情懷。

「不是大量，否則不能搶救啦！」

「真的是大量，我記得！」

「唉，是抓了一大把，但吞不下，又嘔出來。想一想，是油畫的顏料，怎麼吞得下——你也是美專生，總有常識吧？」

很奇怪，女人常埋怨結了婚的男人不懂浪漫；可是，女人一旦結婚，不單愈來愈實際，更與從前學習到的所有形而上的知識割蓆絕交。

盧餘人和太太是在浙江的美術專科學校結識相戀的。

「怎麼不可以？跟吞鴉片自殺的道理同出一轍——」

盧餘人拈出杯底的黑豆放進太太的口裏。

過了一會，太太道歉了。

「對不起，我不應對死人嚼舌。」

盧餘人只微微點頭，太太每天都說十次八次對不起，像口頭禪。

「怎麼舊舅父去了雲南？媽媽祖籍不是雲南嘛！」媽媽是指盧餘人的媽媽。

「一場世界大戰使我們各散東西，無數人的命運從此改寫。」

他的太太不敢再打岔，怕他拉扯到老遠的鴨綠江。

「他多年在外，總算逃過了人生大劫。談了幾次戀愛，好像有同居的。你知道，他是搞美術創作的，總之，沒有安定下來，也沒有習慣跟家裏交代什麼。久而久之，斷了來往，最後的消息，就是去了雲南，搞石頭，開Café。」

「明白了，賺不賺錢不重要，繼續瀟灑走一回。」

「如果律師行說的全部屬實，那麼舊舅父是賺到錢的。一杯兩杯咖啡不賺，但石頭嘛，好的石頭比寶石更值錢。」

「這麼說，你完全相信？」

「我還未想到令我不相信的疑點。」

太太站起身，收拾茶具。

「唉，有些人的命就是那麼好。」

走向廚房，又轉身，問：

「那你會不會應約？」

盧餘人搖頭。

「律師行應該在他舉殯之先通知各人，好讓我們聊表親人的禮節哀思。現在這樣去，分明是貪圖遺產。」

盧餘人兩手抱胸，雙腿向前伸展，無意識的聽着太太在廚房作活的聲音。忽然，聲音靜下來，十分安靜。

當太太作業而忽然靜下來的時候，據盧餘人的經驗，是她在思考問題的時候，盧餘人略感不安。

俄而，太太走出廚房，挨在門邊。

「可以代領嗎？信上有沒有提及？」太太問。

信上當然有提，律師信幾乎可以倒背如流，盧餘人小心翼翼的回答：「可以又怎樣？」

「如果可以的話，就讓小涵走一趟。」

盧餘人沉吟，有點意會，有點猶豫，他謹慎的正視太太，說：

「沒有那麼簡單的，可以代領，只要是直系親屬，但比較神秘的是沒有說明到底是什麼、領取的條件，我怕盧涵應付不來……」

"Les Quatre Cents Coups."

還沒待盧餘人說完，太太突然冒出一句。

「什麼？——《四百擊》？」

太太說的是法文，一套新浪潮電影，片名取自法國諺語。意思是想一個孩子成熟懂事，他必須先捱過四百下痛擊，但影片是要諷刺法國教育對一個孩子的成長造成的窒礙。跟片名剛剛相反，所有新浪潮電影都要解放思想，是對傳統思想作迎頭痛擊！

「是啊！四百擊。小涵最近的想法走進了死胡同，也不要管遺產能不能拿，出外走走，讓他看看外面的世界也絕對值得。」

「萬一有什麼差池，你捨得？」

「怎會有什麼差池？盪舅父不也是在外多年！」

盧餘人望一望說得決絕的太太，勉強自己不要嘲笑她。

最近兒子拚命儲蓄，除了他自己創業的打鼓班以外，文的、武的兼職也找了幾份。為什麼？因為女朋友催婚了，兩個都是八十後！而未來外母的條件，除禮金外，還要有物業！

太太不是要兒子離開香港，而是想他和女朋友分開，好好冷靜思考吧！

太太這陣子的不快，盧餘人可以理解。

可能是讀美專受到的薰陶吧，兩夫婦的思想都很開通，任由兒子自由發展。現在，兒子突然受某種催逼被束縛起來，作為母親的，又心疼又不甘。

「我明白你的想法，可是，我真的不想跟分產沾上關係。」

盧餘人再次申明立場，但聽得出，沒有之前的堅決，太太的想法不是沒有道理的。

「你不要迂腐吧，處理穡舅父的事情，也是義不容辭的。」

「唔，你知道，阿涵並不精明。……」

「當然，當然，所以要四百擊！」

「夠了，你知道電影根本不是這個意思。」

盧餘人對於電影有某種執著；在國內，他已經做到副導演，來到香港，加入左聯的電影製作，隨着製作轉型，只能參與一些發行的實務。

「明白，我只是想小涵像片中的 Antoine Doinel 一樣，到最後，發現人生海闊天空，世界那麼大。」

倒不如說，太太想兒子發現，除了女朋友以外的世界吧！盧餘人實在憋不住，別過面暗笑。

太太看在眼裏，心中一喜，知道開了綠燈。

「且去跟兒子商量，只要他答應每天向你報告。」

「萬一他捨不得女朋友呢？」

「什麼捨不得！」太太提高嗓門：「不要掙錢結婚嗎？還有，叮囑小涵不要讓未來外母知道，最好就連阿姿……」

「什麼都依你，我現在就去找盧涵。」

盧餘人逃出家門。

2

盧餘人的住所和兒子盧涵租用的工廠大廈單位屬同一區，一個依山，一個傍海。用盧涵的步速走，大概十五分鐘，而作為爸爸的盧餘人，原來也多花不了五分鐘。

早上接近十二點，要上班的都上班了，但路上也不見得少人。只能説，上班和下班的界線變得愈來愈模糊。

不消十分鐘，已走到觀塘的裕民坊，路面因整修工程而寬闊了不少，人潮也在此開始分散。

無端想起《四百擊》其中一個經典鏡頭：體育老師帶着男主角在內的一班學生出外做運動。他吹着哨子，邁開慢跑的步伐領隊，很專業的，自鳴得意的，並不知道學生在後頭一個一個的開溜——

每過一條馬路，每次等紅綠燈，就有學生借機脱離大隊。

難道，作為家長的不也是一樣嗎？——很專注的做一家之主，很勇猛地養妻活兒，倒不知，跟子女之間的聯繫是如斯脆弱，等到一個機會，就會毫無牽掛地脱線！

即使現在，盧餘人因為怕太太囉唆走出來，但他並不能確定兒子在不在音樂室。他並不掌握兒子的日程，有點後悔，應該先打電話，或是在社交羣組先問清楚。

盧餘人站到一旁，選擇了後者，如果是前者，會顯得自己很着緊這件事。盧餘人想表現得自然一點，就像隨便問一句。

「你在樂鼓坊嗎？」盧餘人在羣組中輸入。

馬上，電話鈴動，嚇了一跳，是兒子。

「人爸，找我？」近年，兒子喚他的時候，多了個「人」字。

「嗯，你在樂鼓坊？」重複問題。

「不在，有事找我？」

有點失望。

「那回家再說吧，反正我在家。」

「你在家？吃過中午飯啦？」

盧餘人想不到兒子會問，思考着怎樣回答，但耳邊又響起兒子的聲音：「不如請我吃午飯。」

「好的，你在哪兒？」父母總是不加思考答應孩子的邀請，哪怕付鈔的永遠是自己。

「在你後面。」

盧餘人轉身，差不多碰到兒子厚敦敦的笑臉。

3

「籛舅公？真的是籛舅公？」在茶餐廳，盧涵興致勃勃。

「你知道？」盧餘人想不起什麼時候在兒子面前提起過籛舅父。

「當然知道，太神了，奶奶的家族出了這一號人物，反瞧爺爺的家族就沒有，你說一趟我就記住了。」

「我說了什麼？」盧餘人有點惘然，他倒不希望又是那一宗自殺事件。

「黃石！你忘記了？」

「黃石？」

「早十年，我還記得，是我讀中四那一年。新聞報道，在雲南有位藝術家，為了幫朋友，用十萬元買下一塊大石，經開採發現是歷來開採過最完美、最大塊的黃石，估計價值在百萬元以上。你站在電視機前面說你認得這個人，是你的籛舅父，然後人嫣補充一句——」

「幸運之神永遠站在他的一邊。」兩父子異口同聲説，泛起笑意，交換默契的眼神。

其實，如果自己不是太一板一眼，跟孩子是有話題的，盧餘人想，兒子跟什麼人都可以聊上半天。

「他又開了音樂Café，店名『山』，就用他自己的名字，我上網查過了，貨真價實，沒有山寨。」

「你連名字也記下？」

「那塊黃石，價格一定在上漲，叫價可能要五、六百萬。」盧涵點頭，續道。

「我相信你舅公不一定會轉售圖利。」

「我知道呀！這就是我羡慕的地方。人爸你的夢想是什麼？」盧涵學着一套電影中校長的口吻。

「嗯——這——」

盧餘人還未回應，盧涵已望着遠方接腔：「我的夢想是像蘯舅公一樣，開間店子，搞音樂，研究咖啡。」

然後，坐直身子跟盧餘人説：「人爸，你差派我去吧。或是咖啡店，或者是黃石，我都會不負所託繼承回來。當然，如果是兩者兼得，我也不介意。」

盧餘人自問不認識時下的年輕人——講夢想時有夢想，要現實時有現實。還以為兒子不會山長水遠跑去雲南，真的過慮了。

「別抱太大希望，就當是人生多一番經歷。」

「完全明白。」

「抵埗第一件事，代我在舅公靈前獻花鞠躬。」

「絕不推辭。」

盧餘人給兒子弄得啼笑皆非。

「人爸——」

「又怎樣？」

「你先給我路費，往後在遺產中扣除。」

盧餘人摸不着頭腦。

「遺產，我有説是你的？」

「你沒有説是我的，也沒有説不是。」

妻子説兒子不精明，是我們不了解兒子？抑或是幾年間已學到社會上的一套？

「機票已經有了……」

「我要帶同阿姿去雲南。」

「什麼？」

「如果要滅口，只好這樣。」

「唉！」

那就是兩個人的使費，也不知要待多久。盧餘人想。

——必得反客為主。

「無論如何，留兩個星期吧！要多少？」

「每人一萬，兩萬啦！不計機票。」

「所以，實際上你需要……」

「人爸，不要和我來《四百擊》的一套。」

「你知道《四百擊》？」十分意外。

「人爸，我有受你的藝術嗜好薰陶的，你上網找過的電影我都用心涉獵。」

「原來如此。」

「你在套用《四百擊》其中的經典對白嘛——安東尼跟繼父說：『我需要點錢吃午飯。爸爸，我是要1000法朗。』繼父：『所以你想要500，實際上你需要300，給你100。』……爸爸，兩萬啦，機票實報實銷。你一定不會後悔的。」

跟兒子分手後，在回家的路上，盧餘人一味思索：「我的夢想到底是什麼？沒有？抑或是忘記了？」

第二章 珠光寶氣

1

巽圓推開後巷門，「喵」的一聲，毛毛擦着巽圓的小腿走了進來，跳過牠經常享用的木椅橫腳踏，躺下。

巽圓感到奇怪，凝視牠。毛毛卻假裝看不見，耷頭耷腦。

平常日子，毛毛都是自出自入，大模斯樣，不會和巽圓打招呼，更不會做出擦腳的親暱行徑。

「心虛了？」巽圓俯身朝毛毛明知故問。

毛毛翠綠的眼珠骨碌骨碌的，瞬間隨即移開。

「你不說就算啦。」巽圓具偵探頭腦，從來不屑逼供這一套。

她今天可忙了，一家私人畫廊失去了一批當代藝術畫作，畫廊負責人認定是來自法國的一幫過江龍所為，保險公司聘請了「易偵查社」，酬勞可觀，條件是要先交一個詳細的計劃書。

將計劃書輸入保險公司的一個超級電腦軟件，分析可行性，查找不足，加上軟件中的智能偵探。據説，可以將計劃升級，逐步完善，務求接近零失敗！

巽圓並不以為然，不過，她倒有興趣認識這個智能偵探。

「只好奉陪了。」

巽圓打開電腦，不多不少，巽圓給自己一天時間完成計劃書。案件偵破以後，巽圓會挑戰保險公司，到底她的腦袋是天價，抑或超級軟件是天價。

日影愈拉愈長，因為有前後門的關係，舖面成了一個天然的日晷，完全不用看時計便可掌握時間。

巽圓很自律地不時站起來，做肢體伸展活動，又去喝水，再回到電腦面前。

日頭燒盡了，視野狹窄，熒幕的藍光十分刺眼，她趕得及在開照明前按下最後的句號。

「霍」的一聲，毛毛跳上來，巽圓嚇了一跳。

昏暗中給一雙貓眼凝視，少不免一驚。

「怎麼啦！」巽圓皺眉。

毛毛再踏近一步，這趟，巽圓聽得一清二楚。毛毛的肚皮在打鼓，而自己的肚皮竟然也在回應。

「噗哧」一聲笑出來，巽圓從來沒見過餓得這樣狼狽的貓。

「我明白了。」巽圓掃着毛毛的背，「可是，這兒沒有你的糧食啊！你不要我去你家討糧吧！」

毛毛立刻警戒地立起身子。

「唉，知道了。我肯定，你今趟是闖了大禍。」

巽圓站起來，提起背包。

「你乖乖留在這兒，我可把話説在前頭，我不知道你口味的。」

巽圓在超級市場買了三種不同口味的貓糧罐頭，然後去區內一家熟悉的小店要了一份燒雞沙律，坐下打電話。

她不想當着毛毛打這通電話，這是基本禮貌，她打電話給周閏發。

「你的寒假過得怎樣？」

「只是宅男吧了。」

「你不是説要向夢中女神展開追求？」

「女神在臉書上曬了一張親手做的情人節蛋糕的照片。」

「而你並沒有收到這個蛋糕。」

「情人節還未到，蛋糕上的英文名字，明顯不過了！」

「所以——」

「所以，她一下子不是我的女神了。巽圓姐，如果你有任務，不妨吩咐我，好調劑一下。」

周閏發已經完成偵探學徒訓練，重回校園。

「我正要找你，是義務性質。你幹不幹？」

「這……一個錢的酬勞也沒有？」

「沒有。」

「車馬費也欠奉？」

「正確，因為委託者身無分文，牠是一隻貓。」

「毛毛？」

「沒錯，看來是闖了大禍。」

「你為什麼不幫牠？左鄰右里，應該彼此照應。」

「毛毛已經投靠我了。你選擇吧，一是照顧貓小姐的起居飲食，一是查辦案件。」

「我馬上去查。」

周閏發二話不說掛線了。

2

門鈴響時，清甜正躺在牀上，頭上紮了一條長條形的布帶。她勉強爬起身，找了一輪拖鞋，才去應門。

打開門，看見手裏拿着芝士腸的女兒小芳，是放學時間，小芳拖拽書包走進來。

「你沒帶鎖匙？」清甜有氣沒力的說。

小芳不明所以。

「我從來不帶鎖匙的，你怕我掉在街上。」

「唉，忘記了。」

「你真是我老媽抑或是外星人假扮的？」

「相信我，現在的我，真想有太空船把我擄到外太空。」

這個時候，小芳才留意到媽媽頭上繫了布帶。這條布帶是媽媽自製的，內藏決明子，用以安神。一般情況，媽媽只會在晚上臨睡前用，看來情況十分嚴峻。

媽媽有點神經兮兮，眾人皆知，她又走回睡房，躺下，直到小芳大叫。

「媽，芝士蛋糕不見了，有人偷走芝士蛋糕！」

清甜又一次從牀上彈起，跑去廚房。

小芳站在敞開門的冰箱前，一臉驚訝。

「更正，是電冰箱所有食物失竊了，媽……」小芳轉過頭望着媽媽。

「唔，是毛毛，或許是毛毛。」

清甜含糊其詞，根本沒有看清楚冰箱。

「你的意思是，毛毛從士多走回家，自己開門，自己打開冰箱——太不可思議了吧！」小芳瞪大眼睛：「媽，你在看老舍的《貓城記》？」

「我想起來了。對不起，是我，是我在清理冰箱內的垃圾，我以為是夢境，原來是真的。」

情況真的十分嚴峻。

「冰箱內的垃圾？媽，你很過分，我承認，芝士蛋糕賸下半塊，但也不能用垃圾來形容！」

面對神經兮兮的媽媽，剛升上中一的小芳變得老氣橫秋。

「但對奶奶來說就是垃圾，我要在她到來以前清理所有她認為是垃圾的垃圾。」

「奶奶！——」小芳恍然大悟，奶奶就是媽媽驚慌的源頭。

「奶奶要來？」這下子連小芳也亂神了。

「不但要來，還要住上三天。」清甜點頭。

「為什麼？」

「聽你爸爸說，是關於一張遺囑。」

清甜轉身走入房，長嗟短歎，自言自語：「還有什麼垃圾未處理？」

「什麼遺囑？媽，你說清楚好嗎？」

3

「可以想像，毛毛跟這位小芳的奶奶對上了。」巽圓說。

自從周閏發接受任務，便立刻走訪小芳展開調查，從小芳的口中得知事情的始末。

「不但碰上了，還發展出一段人貓情仇。」周閏發道。

「然則，這位奶奶又是怎樣一號人物？她跟小芳的爺爺陳弱泉不同住？」

陳弱泉的士多和「易」偵探社是老街坊。

「她的一生非常精彩，是國民黨一位將軍的女兒。……」

「且慢，」居巽圓打住周閏發，「你不是向陳弱泉打聽的吧？」

「巽圓姐，你道我是傻瓜？」周閏發黠笑。

「好啦，我不打岔啦！」

於是周閏發繼續說下去：「這位將軍女兒，唔，由於換了幾次名字，以後不如稱呼章大姐好了。章大姐當年為了逃避戰禍或者清算什麼的，下嫁大地主的陳弱泉，住在鄉間，據聞跟丈夫是兩個世界的人。」

「一個務實，一個浮誇？」巽圓又忍不住搭腔。

周閏發點頭。

「第二次世界大戰結束後，他們舉家來了香港，開了士多店，置了物業，以為一家大小從此安頓下來。就在這個時候，忽然之間，章大姐說要吃素，過隱世生活，兩夫妻便分居了，十分奇怪。」

「就是說，好像事前已有默契。」巽圓插嘴。

「但認識他們的人倒認為，章大姐肯定是厭棄陳弱泉。這也難怪，章大姐琴棋書畫樣樣皆能，好像很博學，生活非常有節制，一絲不苟。」

「所以，當章大姐要來，小芳媽媽就為章大姐大傷腦筋。」巽圓對毛毛犯案深感興趣，又問：「小芳的爸爸是章大姐的親兒子？」

「不是，章大姐是填房。你看，她肯嫁到鄉間，做人後母，真的非常委屈，所以，她下堂求去，陳弱泉沒有異議，而大家都覺得非常合理。」

「但章大姐久不久就會出現啊！她對陳家不是絕情的。」巽圓認為。

「這倒是真的。」

「所以說，我們看見的，可能只是表面。或者，將軍有什麼秘密，章大姐不想將夫家牽連在內。」巽圓興致勃勃。

「巽圓姐，要查將軍嗎？」周閏發俯身向前，詭笑。「不過，這趟得付我酬勞。」

巽圓也笑，她怎會跌入陷阱。

「我更關心毛毛，要知道，毛毛已經白吃白住兩天了。不如從章大姐抵埗後說下去吧。」巽圓催促。

4

清甜見章大姐只拖一個旅行篋，當下心裏安舒不少。

「奶奶，歡迎你來。怎麼只有一件簡單行李？可以多留數天嘛！」

章大姐揚揚眉毛，笑一笑。章大姐五官細緻，皮膚像每天浸牛奶浴，衣着簡單，卻全身上下珠光寶氣。

「我來三天，你公公便做廳長三天，傳出去我又給人説閒話了。」

「怎會呢？公公巴不得你長住。」清甜口不對心，連自己都接不下去。

幸好章大姐並不計較，只拜託清甜幫她鋪牀。

「在行李箱中的面層就是牀單、枕頭套，不用翻到最底。」

「知道了。」

「可要小心，這套被蓋十分矜貴——算了……」章大姐算是客氣，「總之小心。」

「知道了！」清甜儘量擠出笑容。

清甜鋪好牀以後，在廚房裏找到章大姐，她正逐一檢查冰箱和儲物櫃。

清甜見章大姐今趟什麼都沒帶，當下高興，便來討好。

「你想吃什麼？我去買。」

「不用了，要吃的，辦館和素菜館全部會送來，快到了。」

「什麼？」清甜的噩夢原來現在才開始。

章大姐拍拍清甜手背說：「不用感激我！小芳放學回家打開冰箱，一定會開心得說不出話來。」

當天晚上，為抓緊時間，章大姐便召開家庭會議。小芳被差遣回睡房，但憤怒的小芳半掩門偷聽。

今天放學，打開冰箱，小芳以為自己去了植物公園，她的怒氣，足可以用來發電。

他聽到爺爺發言，爺爺説話的聲調跟平常完全不同，但小芳又説不出其中分別。

「你巴巴閉拉箱倒篋來三天幹嗎？一分鐘就説完的話，而我的答覆也十分簡單，我不會要弱山的遺產，一分一毫也不要。」

「你的牛脾氣能貫徹始終嗎？你就是《聖經》中的大兒子，口説不去，始終會去。」

章大姐從年少時跟將軍爸爸皈依基督。

「你呢，你怎樣看？」

章大姐轉而問繼子永善。

陳永善很為難，望一望爸爸説：「我走不開。」

「我不是要你去領遺產，我問你對這件事的看法。」

陳永善搔頭，說：「其實，我對這位五叔，」再度望向爸爸，「是五叔？」

陳弱泉點頭。

「一點印象也沒有，爸爸，好像沒有聽你提及，而根據律師信中說，五叔和你同年，有可能嗎？」

「其實，他是另一房過繼給我們的養子。當年，他們的一房家道中落，適逢他的爸爸因病去世，寡婦帶着兩名孤兒。媽媽善心，提議收養其中一個，就是這個五叔陳弱山。」

陳弱泉向兒子解釋。

「原來這樣。」永善點頭。

「永善你不知道，他們兩兄弟，儘管不是親生，卻也十分要好。我的記憶還可以吧？老泉？」章大姐說。

「唯其這樣，我更不能去，想一想，我這把年紀，太失禮了。」陳弱泉漲紅了臉。

「咦，爸爸，聽你們這麼説，我們真的很親啊！平常沒有往來？」

陳弱泉還來不及回答，已給掛名的太太搶白。

「還不是自卑心作祟？你這位叔叔在國內頗有名堂，你爸爸便選擇逃避。」

「沒有的事！」無力的爭辯。

小芳聽不下去了，她討厭這個霸氣的奶奶。相形之下，不管是爸爸抑或是爺爺，都顯得軟弱無能，更不要説媽媽了。

廚房已經被接管，單是住三天，爺爺的房間已經變了天。牀上，是一套繡了萬壽菊的麻紗被蓋，是從杭州訂做的。

小芳要找外援來對抗，躡手躡腳走出屋子，並沒有引起專注於領取叔公遺產的一眾家人注意。

「遺產呢，一定不可自動棄權，我知道你一定不願意，是永善也好，是小芳也好，都要去雲南會一會律師！」聽到奶奶說。

「小芳？」大家一齊抗議！

小芳聽不下去了，直奔樓下，在樓下轉角的舖子停下。

店面窄小的士多店，面積不到一百平方呎，但因開在轉角處，佔了地利，在街坊小店逐一結業的年代，竟然站得住腳。

據聞，出主意買下這不起眼的舖子的，就是章大姐。

「奶奶，奶奶！」小芳憤怒的頓足，繼而俯身，小聲喚：「毛毛、毛毛！」

綠色對排門，最左邊的木條，下方明顯鋸開了一個小缺口，俄而，毛毛應聲從缺口竄出來。

「毛毛，我家來了不便之客。」

小芳不懂說不速之客。

「媽媽千叮萬囑這幾天不要讓你在家露面。」小芳抱起毛毛。

「她肯定不喜歡貓。有言道，不是冤家不聚頭，我且帶你去會一會這位非常人物。」

「女人，一是喜歡貓，一是痛恨貓。如果章大姐屬後者，那麼，人貓相會時，肯定驚天動地。」巽圓說。

「『一是喜歡貓，一是痛恨貓！』巽圓姐，你什麼時候變得『廢噏』！」周閏發滴汗。

「你只管認為我『廢噏』吧！總之，毛毛如何對待章大姐？」

「第二天中午，毛毛讓章大姐的繡花枕頭套、牀罩鋪滿了無法清理的貓毛，又在上面打了手掌印。」

「章大姐會昏倒的。」

「再對也沒有。」周閏發説：「絕招等着出場呢！到了黃昏，毛毛送了一份厚禮給章大姐——牠捉了一隻相信是歷來全區最大的老鼠——已經咬得半死的，放到章大姐的牀罩上，放到正中央。」

「章大姐也會跟老鼠一同死去。」巽圓瞪大眼，長歎一聲。

「跟死沒有兩樣。」

「如果是這樣，毛毛很難打救，除非——」巽圓思索。

「除非怎樣？」周閏發問。

「除非老泉叔——」

這個時候，外面有人敲門，陳弱泉在門外出現。

「居小姐，我有事拜託。」

陳弱泉一面禮貌地向巽圓點頭一面跨過門檻。

第三章

貓之疑惑

1

我的主人——雖然，他經常跟朋友說，我才是他的主人——喝了一瓶有汽檸檬水，倒在牀上便睡了，沉沉的睡，即使我從他身上跳過，他也不知道。

我第二次跳過他的身軀時，可能出於什麼預感，我索性撲到他的胸口上。

他的心臟跳動得非常緩慢，甚至，有一刻我以為已經停頓了，繼而，我隱約聽到心房跳動。

可能，因為感受到我的重量，我聽到虛弱的叫喊聲：

「P……P……」是我的名字的首音，但發不出尾音。

我輕步走到牀頭，他抬眼，勉強的，裏頭射出很虛弱的視線，很虛弱無力的，凝視着我。

我一凜，一瞬的，掠過「求生本能」的疑惑。

為什麼他的眼神顯示求生的訊息？很奇怪，可是，或許死神真的就近在咫尺也説不定。那一刻，我竟然掠過這樣的一個念頭。

略帶不安，跳下牀，鑽入牀底，曲形的木條支架差不多壓到我的頭頂。支架之上是牀褥，再之上是躺臥着的主人。

房間慢慢昏暗，牀底更昏暗，我認為我睡着了。再之後，耳朵傳來各種各樣的聲音，由遠而近。

單車滑過的聲音，拉開窗簾的聲音，而最響亮的，是黃翠兒、八哥等雀鳥的聲音，全都是早晨的聲音，但屋內卻是一片的死寂。

我伸了一個長長的懶腰，然後弓弓背從牀底爬出來，走去廚房。

我的水缽沒有新鮮的水，盛食物的幾個小碗中是昨天的食糧，並沒有更換。

我抬起眼，巡視一遍，沒有什麼發現，於是，緩步走出起坐間，昨天的凌亂的痕迹到處可見。

主人負責使地方凌亂，而收拾殘局的責任，落在每兩天來三個小時的鐘點清潔珍嬸身上。而我的起居飲食他都親力親為，他知道我不喜歡別人觸碰我的用品。

我想出露台，但門沒有打開，我伏在露台門腳邊，下意識地四周觀望。這時候，我注意到那個有汽檸檬水玻璃瓶子，它就放在主人按摩椅旁邊的地板上，瓶子是空的，錫質瓶蓋還旋在瓶口上。

並不是因為他有整理的習慣，而是因為他喜歡旋蓋子！可是，這個瓶子大小跟他平常飲用的大小容量不同。

每趟珍嬸打開冰箱，把一排檸檬水放進去，剛好六瓶放到冰箱門的放置架上。如果是這個大小，肯定放不下六瓶！雖則是同一個牌子。

近瓶口處一張長方形黃底藍色字的招紙，寫着文字和數字。瓶身正中央的一張，背景有河有橋。下端的數字，我知道，是容量的標示，數字跟平常主人喝的不同。

十分奇怪，已經喝盡了，主人一睡不起。

我餓極了，全身發抖，不能自控的發出嗚嗚的悲鳴……我走來走去，在他的牀邊，在起坐間。

那種似曾相識的絕望感又一次從胃部升起。

我以為，打從我離開上一個主人的房子那一刻開始，我便告別這類感覺，誰知道——

時間天長地久，就在我快要昏厥的時候，我聽見大門外的鎖匙聲，我用盡全身氣力飛騰出去……

2

「我打開門，Paranale 像一塊飛氈似的飛到我面前。」珍嬸在派出所落口供，「你見過飛騰的貓嗎？不蓋你，牠是在飛。」

「在長隆？應該有會飛的貓，甚至飛象、飛虎。」

年輕的公安說。

一個外商在家暴斃，首先發現他的，是眼前這位鐘點清潔女工。在芒市，死人是常有的事，毒品也像冰箱中可樂的普遍，倒是會飛的貓讓人感興趣。

「有照片？」

「有。」

珍嬸從行動電話的圖片庫中找出照片，遞給公安。

「別看他是藝術家，穿的都非常講究。身上這一件乾濕褸，說是什麼藍草莓……」

照片的背景是怒江畔，陳弱山胖胖矮矮，圓臉，臉上有孩子般的笑容。

「不是說他，他在殮房，一定不是這個模樣了。」公安俯身向前，又立刻坐下，推開電話。「我說那隻貓，巴——勞？」

不懂發音。珍嬸會意，又再翻動電話，再遞過去。

公安看到一隻全身白毛、綠眼珠的貓，沒有笑容，不怒而威，毛色非常漂亮。

公安隨即想像牠毛髮飛揚、四肢張開、凌空而起的像貌。

「我着實嚇了一跳！只要看一看Paranale的眼神，只要看看她立起的毛髮，我已心知不妙……」

3

珍嬸給我食糧，已經是很久很久以後的事了，我仍然很感激她。

她忙壞了，打了很多通電話，開門，關門，很多人進進出出。

最後一次，幾個人抬入一個大箱子，走入主人的房間，沒多久，走出來。

再之後，我走入房間，感覺房間空洞了。我還沒有氣力跳上牀，但不用跳上牀，也知道他已經不在了。

他確實已經在那口箱子裏頭，門因此大開，我索性走出走廊。

平常清靜的走廊，佈滿了鞋印。我慢慢走，避開腳印，跑到樓梯旁，對着大門躺下。現在，我的視線只來到門腳線。

門口左邊，放置一個高身彩瓷花瓶，權作雨傘架。瓶身畫上盛開的荷花，荷葉一直伸延至底部，現在我躺臥的位置，看見的，是水的光影和挺直的梗莖。

這是門口非常熟悉的風景，我把視線移向右邊。

突然，靈光一閃。

右邊，昨天晚上，這兒曾經放置一個格子手挽袋，陌生的小型手挽袋。

我敢肯定從未見過它，主人有很多這種格子的衣服、皮帶甚至雨傘，但從沒有這個袋子。

右邊什麼都沒有，那個口袋，已經不在我原來看見它的位置。

因為那個手挽袋，突然又想起，前晚，家中的電話鈴動。

已經很少人用固網電話，所以我留意到了。當時我就在門廊上蹓躂，我去看那個手挽袋，門虛掩，主人去應電話。

我隱約聽到電話內傳出的聲音。突然，我覺得每晚黃昏的蹓躂一點樂趣也沒有，志氣消沉，我竄回屋內！

4

「我可以走了嗎？」珍嬸問。

「你認為呢？」公安半開玩笑。

珍嬸一下子臉色刷白，名叫房梓的公安卻笑了。

「你都知道，走過場吧了，除非發現他吸毒。」

「人命啦！別開玩笑！」珍嬸鬆一口氣。「不會濫藥啦，從前或者有吸食大麻，一次兩次。自從領養了 Paranale 以後，肯定沒有。那麼我走了。」

珍嬸站起來。

「你會通知他的家人？在香港？」

「自然。」

珍嬸再沒有說什麼。在國內，大家都養成習慣，真話可以不說就不說；能說的，都是假話。

步出派出所，珍嬸從皮包掏出一張卡片——林李尤律師事務所。兩星期前，陳先生給她這張卡片。

「萬一我有什麼事，拜託你聯繫一下。」

會有什麼事？當時珍嬸覺得僱主這話很唐突，現在才知道他有預感。據説，快要離世的人都有這種預感。

5

他沒有了生命的色彩，只有黑和白兩種顏色，看不見前和後，方方正正，放在一個黑桃木的大相架框內，周邊有漂亮的黑色緞帶圍繞。

每天，我都想去扯那塊緞帶，當然，我是夠不着的。

我先要跳上沙發，再小心翼翼地踏上窄身的茶几，才能見到他。而且，在他的兩旁有兩枝白色大蠟燭，長期燃點着，這對於我漂亮的毛髮是極度危險的警號。

當然，我也應該假惺惺的，或者真心對他表達哀思。

在我心底裏，說不定真誠實意掛念他。他真的對我很好，很好，將我從苦難中救拔出來的，畢竟是他。

我不是要扯緞帶，我是要每天瞧瞧他！

很少人類——當然，我認識的人寥寥可數——有他這樣圓的一張臉，即使不是開心的時候，也因為一個圓而透露着愉快。

此刻，我小心的站在茶几上，看着那個圓，那個圓上面的眼睛，好像想跟我說話。

按我的閱歷，使我有點肯定，主人要說的，並不是平日噓寒問暖的話！

極有可能，是有趣的故事，是連他自己也差點遺忘了的故事。

主人的故事，現在才真正開始。

第四章

繼承者們

1

「謹代表陳弱山先生歡迎大家遠道而來。讓我自我介紹，我是林李尤律師事務所的律師，負責執行遺囑事宜。大家叫我 Richard 可以了。」

穿着柳橙色短羽絨的 Richard 向在場人士逐一遞上卡片。

剛取得事務律師資格的年輕人，顯得幹勁十足。被委派在外出差，面對一羣男女老少的陌生人，一切都像讓初雪洗刷過的怒江一樣勇猛和新鮮。

一室圍坐的不超過十個人，都是給一張遺囑召喚而來的。

不過，出乎意料，彼此好像互不相識的納罕。幸而，一張卡片派在手，使大家都立時有新的焦點和視線。

卡片並不能打救悶燒的場面多久，很快，年輕的律師又開腔了。

「律師事務所共計發出了五封信給五位陳先生的近親，一位聯絡不上，可以算作放棄繼承遺產的權利，而另一位近親又臨時自動出現，於是，在座的，維持五位近親。不如這樣吧，讓大家逐一自我介紹，然後……」

「且慢，Richard，」一位滿頭銀絲、打扮高貴的婦人打斷他，「你說有一位不請自來，這樣，合乎資格嗎？」

「噢，各位發言之前，請讓別人知道你是誰。」Richard 滿臉笑容，喜歡氣氛的漸漸熾熱，「這位是章大姐。」

「好啦，年輕人，認識我與否根本不重要，反正，我不是來領遺產的。」

那位叫章大姐的婦人全身裹在一塊栗色的皮草裏面，連手套也戴上了。在芒市，即使是新春之後，氣溫仍是宜人的，經常有十二、三度攝氏，這身打扮是顯示氣派多於保暖。

她擺擺鵝黃色的皮手套，說：「你只要做好你的分內事，確保五位人士都有法定地位。」

「完全明白，章大姐請放心。」Richard依然保持笑容，「這位女士，雖則沒有律師行發出的信函，卻有一封更有法律效力的文件，就是陳先生的親筆書函。」

「是誰？什麼信函？」一把年輕率直的聲音。

大家朝聲音望去，是一個青年，頭顱又圓又厚。

「呀，對不起，我叫盧涵。」青年搔搔頭，怪不好意思。

「是麥美好女士，她是陳先生的好朋友。麥女士，請你自我介紹一下。」

眾人的視線循着年輕律師移向左邊靠近入口位置，一位女士坐在那兒，因為給人提名而張紅了臉。

「也不是朋友，只可算是僱員和僱主的關係，但那封信——」聲音低迷得幾乎聽不見。

麥女士穿着一套廉價、略嫌緊逼的黑色套裙，並沒有穿外套。濃密的長髮束成馬尾，樣貌再平凡不過了，年紀很難猜測，或許三十出頭。

「那封信什麼，快說吧。」房內有聲音問。

麥女士抬頭望向 Richard，有求助的意味。

「讓我解釋一下，麥女士並不需要透露信件的內容。」

「那麼我們如何得知她具合法的繼承地位？」

又有人問。

「你們只能信律師事務所了。」Richard 一笑，「請大家謹記，林李尤是指定的遺產執行人，而我則是獲授權的律師行代表。」

既然麥女士並沒有意思繼續話題，Richard 代為補充：

「麥女士因為逃避家暴而負上了一些刑事責任，後來獲得假釋，假釋官把她送去陳先生的咖啡室幫忙，那是因為麥女士有相關的知識。到聘用期滿，陳先生着麥女士幫他帶一封信給假釋官。原來信內有信，假釋官告訴麥美好，陳先生有一封密函是給她的……」

「這封密函，就像一張護身符，改寫了麥女士和陳弱山的關係，並且，要等到陳先生去世之後才能開啟。」

忽然，一個青年站起來，大聲說話：「對不起，請問……」

Richard 對這個面容像苦瓜乾的傢伙沒有印象。

「我是易偵辦事務所的英明神武的偵探周閏發。」

「且慢，Richard，你們請了偵探，太過分了，難道我們是騙子？」又一位青年從座位上衝出來。

「沒有，律師行沒有聘請任何人，我是全權代理人。」Richard 對周閏發乾瞪眼，他不喜歡這開始走調的場面。

周閏發望向章大姐，希望她代為解釋，後者卻假裝看不見。

為了彌補毛毛的過錯，陳弱泉答應由孫女代領遺產，並由太太章大姐陪同前往，但任何人都不放心這個組合，於是聘請了「易」做此行的「保鏢」。

沿途上，章大姐和周閏發不咬弦已到了白熱化的地步。

剛才跳出來的青年又發言了：「好啦，不管這位女士和我的誼父是好朋友抑或是另一種關係，只要大家知道我是誰便明白，現在的爭辯毫無意義。」

青年誇張的站到飯堂中央。

「不是要自我介紹？我叫黃恩霖，是陳先生的誼子。去了牛津讀書，所以，誼父過身時不在身邊。」頓一頓，「大家都是近親，不妨直言相告，我有理由相信，我是誼父和某位女士的私生子，只是不方便承認。」

但觀在座者的反應，只能說，沒有誰給說服了，也沒有人對二人的關係顯示出一點兒的興趣。

黃恩霖只博得其他人一致的鄙視，太輕浮、太無禮了！

「言下之意，到目前為止，你是陳弱山先生唯一的至親吧？」在沉默僵硬的氣氛中，另一把輕柔的聲音響起，是一個四十歲模樣的中年婦人。

「或許有人覺得，是陳先生的至親是一種光榮，見仁見智吧！」輕柔的聲音徐徐說：「各位早安，我簡單介紹吧，我姓程，單字湘，我代表我媽媽。大家不必太轉折猜測我跟陳弱山的關係。」

有影射的況味，然而，黃恩霖表現得滿不在乎。

「我跟媽媽姓，名字也是媽媽給的，姓名就是『情傷』的同音，如果跟父姓則姓陳。媽媽健在，可以親身來，但她要守住自己的承諾，就是跟陳弱山老死不相往來。我相信，我說得很清楚了。」

黃恩霖面色變青，望向這位女士，企圖質問，Richard及時阻止他。

「各位，對別人的介紹，大家只可以聽，並沒有查證和追問的權利。你們抵埗的當天，我已逐一向你們解釋清楚了，關於遺產，並不存在競爭，待會我會再詳細說明。如何獲得，比較神秘，但肯定，是不論親疏的。」

黃恩霖終於坐下，卻仍然沒禮貌的上下打量中年婦，中年婦則若無其事。

「接下來還有兩位仍未介紹，可以繼續嗎？」Richard 續道。

盧涵站起發言。

「然則，我要叫你姊姊！」當盧涵發言時，黃恩霖在座位上自言自語。

2

經過第一次正式會面，繼承遺產的名單確定下來：

陳弱泉，關係：兄弟；代表：陳小芳（陳弱泉內孫）

盧餘人，關係：舅甥；代表：盧涵（盧餘人兒子）

黃恩霖，關係：誼父子，本人

麥美好，關係：獲陳弱山先生聲明為法定承繼人

程子朗，關係：沒有法定地位的夫妻；代表：程湘（程子朗的女兒）

即使滿腹疑團，但當 Richard 問：「有沒有問題？」倒沒有任何人願意率先開腔。大家魚貫步出飯堂，Richard 走到最後，夾着公事包，穿過鋪了綠色塑膠地板的長通道。

通道盡頭，是社區青年中心的小號和唯一的辦公室。透過門上方的玻璃，Richard 看見中心主任陳偉雄在裏頭，低頭整理文件。

即使經常表現冷靜、沉實，黑色眼鏡框後面冷峻的面孔，卻並不給予 Richard 隨意舒泰的感覺。相反，第一次見面，Richard 馬上感受到，陳偉雄內裏有滿腔的怒火等待爆發；而且，只要輕輕觸碰就可以一發不可收拾。

有另一個陳偉雄同時存在吧？年輕律師的這個念頭總是揮之不去。

可是，又有什麼關係？只是借用地方，圖個方便。

社區中心開在團結大街上，與陳弱山在芒市大街上的 Café 只不過隔了一條街。當律師事務所透過當地的保安小區尋找可以落腳的地方時，保安隊長建議請青年中心幫忙。

「他們是陳先生幫忙成立的志願機構，正在豆地坪那邊搞咖啡園，反正，中心很多地方放着不用。」

果然，律師事務所聯絡中心負責人，對方馬上答應了。律師和社工不過因為辦事而臨時走在一起！

Richard 敲一敲門上玻璃，推門進去。

「嗨，偉雄！」

「Richard，一切順利吧！」門內的人抬起頭，向走進來的年輕律師點點頭。

陳偉雄相當英俊，兩旁髮鬢露出不覺眼的白髮，Richard 卻並不因此認為陳偉雄上了年紀。

相反，Richard 認為主任正值壯年，頂多三十五、六歲，因為他予人滿有幹勁、不會貪閒的印象。

「揭開序幕了，少不免有麻煩。你知道，總會有人喜歡搞局，不過，與難纏的人周旋是我的強項。」

十分賣弄，然而，在職場上偶爾吹噓一下自己是十分輕鬆平常的，並沒有人會因此介意。

「我準知道你辦事妥當。」主任不忘附和，又道：「陳大哥的事還多謝你幫忙奔走，希望一切順利。」

「這鎖匙，」Richard 揚揚手，「由我保管好不好？是後備匙？」

說的是飯堂鎖匙，其實飯堂面積不大，只是一間五百呎的房子，放了約七、八張圓桌。

一般中心飯堂也很少上鎖，不過，在國內，很多事情都不言而喻。

「特意給你配製的，回香港之前交還給我啦！」

「真的很感激你的幫忙，我先告辭啦！」

「不用感激我，凡陳大哥的事，在這兒任誰都樂意幫忙。這個青年中心能運作，也全賴他。」

「你說的是，回頭見。」

當 Richard 退出來之際，陳偉雄像想起什麼叫住了他。

「順帶一提，你的貴客都是陳大哥的近親，可別忘記安排他們去拜祭。你沒有忘記吧？」

「當然，當然，一定的。」

走出來了，Richard 走下三級樓梯，來到一個小斜道出口，走完小斜道，轉角處便看見一個小型籃球場。

籃球場內一個人影也沒有，只有籃球架伴着自己在地上的影兒，而籃球場的另一端，正是中心的入口。

穿過籃球場往大門走去，Richard 有點疑惑。

——真的忘記了安排拜祭。為什麼陳偉雄好像有預知的能力？又或者是事出偶然的關心。

沒有着意尋找答案的思索着，已經來到大門邊，「滋」的一聲，大門由電眼控制，自動打開，跨過門檻，Richard 立刻置身團結大街。

雲南的雲很白，天很藍，不由得令人想全心全意的舒展一下。陳弱山經營的 Hill Café 在另一條街，風景絕妙，古城的景色盡收眼底。

「離開之前，去喝杯咖啡吧！」Richard 毫無困難地説服了自己。

正待邁開腳步，聽得後面有人喚他。回頭一望，盧涵站在那兒，身旁多了一位女子，瘦得可以當模特兒。二人手挽手，一胖一瘦，相映成趣。

「Richard 律師，我想去拜祭儘舅公！」

3

盧涵為舅公獻上的，是三株天堂鳥，這是阿姿的主意。二人行三鞠躬禮，然後在照像前默哀。

「你舅公很神咧。」二人退到沙發坐下時，背着陳弱山的遺照，阿姿拉住男朋友的手立刻說。

「我倒沒有這種感覺，為什麼？」二人不是老夫老妻，還未到心領神會的地步。

「不對，我更正。」阿姿說，「是照片很神。放得太大了，他的眼睛怔怔的盯着，讓人發毛。」

「靈堂前的照片都是這個尺寸，不是嗎？」阿涵反問。

「從來沒有這麼近距離嘛！」

「不要嚇人，你看太多恐怖片了。」

「還是上露台吧。」

不等男朋友同意，阿姿甩開對方的手，踏出露台。

這是一間近郊的豪宅，佔了高地位置，建築風格融入當地的傳統木雕畫樓的氣派。露台不大，只是房子伸延的一部分，加上開合門，以改良舊建築採光不足的缺點。

芒市的山勢都不高，邊陲緬甸，一踏出露台，高黎貢山即在眼前，這兒的景致在香港是無法想像的。

阿姿舒展一下四肢，想道：如果遺產是這座大宅，她倒是願意搬來這兒小住的，隨後便聽到男朋友的腳步聲。

阿涵走出來了，把手搭過阿姿的肩膀，二人都不作聲，享受這一刻的寧謐。

俄而，阿姿問阿涵：「你有把握拿到遺產嗎？」

阿姿已經聽了男朋友的描述，知道名單。𤆵舅公原來有私生兒女，還有一個可能是小老婆的女朋友。

「我當然有把握代表人爸領取遺產啦！」

「你只是代表？」

「你放心喎，人爸會用諸多理由讓我來打理他的財產的。人媽就認為，一定不要給人錯覺，以為我繼承了大筆遺產。」說得非常坦白。

「我明白，會有錯覺的只有我那位見錢開眼的阿媽。我阿媽不難對付，難對付的其實是其他競爭對手。」

「他們不是競爭對手。」阿涵縮回搭着女朋友的手，索性把手放到圍欄上，遠望片刻，才再開腔。

「Richard 律師說：領取遺產的秘密是，那個人或那些人必須是真實地活着的人，必需是坦誠對待他的人。」

「很玄啊，你明白嗎？」

「我明白啊！因為我就是那種真實地活着的人。」

「唉！臭美。」

阿姿苦笑搖頭，在香港，在她認識的朋友當中，有誰不是忠於自己的活着？那就是喜歡什麼時候起牀就什麼時候起牀，什麼時候睡覺就什麼時候睡覺，打不打工由自己決定！真實地活着！

阿姿忽然想到一件事。

「坦誠對待他又是什麼意思？他都死了，如何真誠對他？即使坦誠待他，他又如何得知？」

「這——」阿涵搔頭。

忽然之間，阿姿感覺寒風四襲。

「阿涵，這間大屋陰風陣陣，很嚇人！」

「唉，大白天你不要神經兮兮！」

但阿涵後腦也麻騷，就在這個時候，大門「咔」的一聲打開，有人走進來。

「嘩！」阿姿撲向阿涵，緊緊扭住他。……

4

麥美好擎着鑰匙，呆了好半天，才決定開門。

麥美好打電話給 Richard，告訴他想去拜祭陳弱山。其實，年輕律師已開了羣組方便聯絡，但當然，這等事，大家都會選擇獨自行事的。

麥美好相信，真的會用這個羣組的人寥寥無幾。

「只要稍等一下，因為，鎖匙給了盧涵先生……」

Richard 聽見麥美好要去致祭，表示歡迎，但盧涵剛剛出發了。

「我有一套鎖匙，不麻煩你。」

「噢，原來這樣！」

麥美好聽到對方的口氣不是愕然，而是不好意思，好像發現自己不須知道的秘密一樣！

大家都認為，我和陳弱山已超越了友誼關係吧！麥美好拿着電話想，但她在很多年前已學懂了不理會別人的眼光。

今早上的打扮，和可憐兮兮的表現，只是一場可有可無的戲，騙誰？麥美好想不出來，純粹是某種本能，或者慣性。

「請問，陳先生什麼時候過去？」

「他說跟女朋友吃完午餐後去買花，然後過去。」

「明白了，謝謝你。」麥美好掛斷電話。

本來想買花，現在要臨時改變，她立刻想到可以買的另一樣更有意義的東西——有氣檸檬水。

也不是隨便一家超市都可以買到的，幸好，到哪兒購物她最熟悉不過了。

所有的品味，都是陳弱山調教出來的。

麥美好是惠陽人士，是中港婚姻的孩子，也幸好是這樣，不然，在一孩政策的中國，一個女嬰能生存下來，肯定有賴老天爺一時走漏了眼，但前途也不因為這樣而變得一片光明。

爸爸在香港做建築，家境不富裕，亦可算足夠，問題是那個階層，永遠都不要指望從低階層流動到中等階層，更不要説上流社會。

聽説，香港青年本來有慢慢向上游的機會，現在，這些機會都消失於無形！

或者參加香港小姐選美吧！以我的樣貌！

「哼！」麥美好不禁對自己搖頭歎息。

前面的光景差不多了，麥美好是這樣認為的。如果能踏上另一部列車，開往另一片希望之土，那肯定是婚姻列車了。所以，當一個外省人在眼前出現，説他的夢想是開一間理髮店時，麥美好毫不猶豫地下嫁他，跟着對方去雲南。

原來列車去的不是樂土，而是萬丈深淵！婚姻跟她開了最大的玩笑，是一場噩夢！是陳弱山幫她結束這場噩夢，一個大好人。

如果要挑剔，這個人，好像有不愉快、不為人知的往事，不下一次，在過場休息時，陳弱山在自己辦公室夢魘，説夢囈。要命的是，麥美好留意到，他有某一種傾向！

麥美好知道自己相貌平庸，身材不合比例。不過，自己有一個奇怪的習慣，就是喜歡穿小一號的衣服，可能，是對六年以來鬆胯胯的囚衣的一種補償心理吧！

在她不為意的時候，總會發現陳弱山貪婪的眼光落在自己穿着緊身衣的身上！

當然，她沒有理由因此離開，她十分戀棧在陳弱山的咖啡店工作，何況，還得符合假釋的條件；何況，一點眼光又算得什麼！

只是有點意外罷了！芒市人都知道他，都說他是老好人！直至那天，她幫陳弱山買了貓糧，在廚房，當她彎腰時，陳弱山竟然從後熊抱她！

她首先一驚，但又不太感到意外，直起轉身。

陳弱山沒有放開她，反而要來吻她！本能的推開，正要說話時，陳弱山好像受了什麼驚嚇一樣，十分慚愧，一支箭般走出屋外。

麥美好在房子裏待了很久，他都沒有回來，之後，陳弱山都有意無意地避開她！

一個星期之後，陳弱山在麥美好的儲物櫃中放下一封信——一封致歉信。

他向她坦言，自己有壓迫的性傾向，多年來都無法醫治。醫生並且斷言，即使他結了婚，極有可能都不能消除這種性傾向，因此，多年來他都沒有結婚！

原來是這樣！麥美好記得當時自己讀着信時失笑了。

最後兩句：「假釋期一滿請你立刻離開，但我向你保證，你會得到意想不到的補償。」

麥美好站在門外，回想了這一大段，又一聲失笑。

她打開門，走入屋，隨即聽到尖叫聲，同時間，阿涵和麥好美的行動電話一齊響起羣組訊息提示。

第五章 報案室

1

「對不起，事情出現了變數，陳弱山先生懷疑不是死於自然的，而是被謀殺。」Richard在羣組發放了一段驚人的消息。

「天呀，」小芳大聲呼叫。「我們捲入了謀殺案，是謀殺，怎麼辦！」她的眼睛睜得老大。

本來覺得此行十分無聊的周閏發從沙發上彈起，章大姐坐在書桌前訝異得張開嘴巴，僵硬。

二人都不在羣組內，周閏發過去搶小芳的電話來看。

「發哥，我們立刻回家，求你！」小芳說完，又轉向章大姐，極其害怕。

章大姐是此行的財政大臣，現在入住芒市北隅的六星級凱悅酒店套房，哪怕離市中心有一大段距離，她情願每天包車出入。

「到底發生了什麼事，怎會這樣？」章大姐完全不能對焦。

「我馬上出去查探，你們且等我回來。」周閏發興致勃勃。

「不要，不要離開我——們。」首趟，小芳將章大姐納入「我們」的範圍。

周閏發不能漠視小芳的要求，他的確不能拋下一老一少。他的首要任務是保護小芳人身安全，但他急於知道事情的來龍去脈。

如果是謀財害命，小芳極有可能身處險境！仍然莫名奇妙的章大姐同意周閏發的想法，說：「你去吧，你出去後，我鎖上門，任誰也不開門。」周閏發大力點頭。

畢竟是有閱歷的人，在適當時候，就能馬上作出適當的決定。

「小芳，不用驚，有嫲嫲在大廳！」她又挺直腰背對周閏發說：

「叫師傅來載你出入，不要浪費時間在交通上，也好向他打聽，他是本地人。」

「我出去了。」周閏發對章大姐必恭必敬。

「萬事小心，切記你在國內。」周閏發帶上門時，章大姐拋下的一句，周閏發太匆忙太興奮了，可能沒有聽見……

2

待周閏發回到他們的六星級酒店時，已經是翌日近中午時分，一夜之間長滿鬍髭，應該徹夜無眠，他在芒市的派出所度過漫漫長夜。

「我把周閏發先生從派出所弄出來了。」Richard 在電話中跟章大姐說，又補充：「拜託他不要再弄出事端，我們已經夠麻煩了。」對周閏發的不滿溢於言表。

但章大姐並不示弱：「聽好了，年輕人，律師事務所有責任保障我們的人身安全，相信，此行的保險費也不便宜吧！」

說得 Richard 胡混一句對不起便匆匆掛斷。

章大姐打電話到餐廳，吩咐餐廳把最好的午餐送上來：「不要當地的食材，要西餐。牛排吧，補充體能！」

竟然邋就周閏發到這地步。

午餐送來不久，周閏發便回到酒店，進來時，捲入一身難聞的氣味！

章大姐用名貴的披肩搗住口鼻，小芳學着也用手捂鼻。

「你快去全身上下洗一遍。」章大姐命令。

「我完全不怪責你們，連我也非常嫌棄自己！」周閏發攤手，無奈！

「總算見識過我們祖國的派出所了！」他走入浴室，又走出來說：「不過，當你們知道我收穫甚豐時，擁抱我還來不及呢！」

全身上下洗擦乾淨之後，周閏發出來吃午膳，狼吞虎嚥的。

當聽說 Ricahard 把他從派出所救出來時，周閏發嗤之以鼻。

「派出所根本不賣他的帳，維權律師也要被失蹤啦，更何況一個外地律師！」滿口食物的他說得含糊。

「他可能找中心主任幫忙而你不知道。」章大姐說。

「你想到的，Richard 也想到。」周閏發放下刀叉，擦擦嘴。「多謝你，章大姐。真的怕了那些不知是什麼蔬菜的蔬菜，不知道是什麼肉類的肉類。當然，烹調手法還有很大的進步空間。」他由衷感謝。

「發哥，到底是誰營救你出來？」小芳追問。

「是師傅走後門。」

「師傅，什麼是師傅？」

「即司機叔叔。」

「哦——」

「還有，那位中心主任……」待要説下去，又望一望小芳。「章大姐，是時候將昨天的事情一五一十道出，但你認為小芳應否避席？」

「當然需要。」

「當然不需要。」

兩嫲孫搶着説。

但結論是，這兒是雲南而不是香港，他們無法差使小芳去任何地方，只好同意小芳在場。

當周閏發知道陳弱山給謀殺死亡而非死於自然，覺得十分奇怪。陳弱山死了已好一段日子，為什麼現在才被揭發給人謀害？

時間上，是在準遺產繼承人們抵達芒市之後，所以，揭發者不管什麼動機，與這次遺囑執行事件有關是昭然若揭的。

是誰揭發這宗謀殺案？揭發者為什麼知道陳弱山被謀害？這個人，是目擊證人，抑或是兇手本人？最後一個問題是：如何殺害陳弱山？

過去一天，周閏發就是要在茫茫人海、沒有照應和人生路不熟的情況下儘快找出以上問題的答案。

當周閏發發表完他的高見時，章大姐打岔：「如果是這樣，豈不簡單！你去問 Richard 不就可以？」

「想得太簡單了！」周閏發一想到 Richard 就牙癢癢：「如果他會告訴我，我就不會被扣留在派出所了。」

「他不告訴你？」章大姐感到意料。

「他以公安已重新調查要保密為由。」周閏發聳聳肩：「不過，完全沒有關係，根本對我不構成攔阻，倒提高了偵查的挑戰性。」

「發哥，可以說快一點嗎？」小芳失去耐性。

周閏發了開了一瓶樽裝汽水，喝了一口，道：「小芳，你知道的我專長嗎？」

「不知道啊！」小芳猛搖頭。

「我的專長是打筋斗，即翻牆。哈哈。」

「發哥，你竟然練輕功？」

「是啊，我最喜歡在網絡空間施展輕功，百試百靈。」

「發哥，我完全聽不明白哦！」

「一言以蔽之，我做了雲南芒市派出所的第一名黑客。」

「哎喲，入侵電腦，這是犯法的，你很壞啊！」

「救命啊！」周閏發大叫，向章大姐求救。

「小芳，發哥的確做了不良示範，你記住是不良示範就可以了，在非常時期也只好用權宜之計。如果你再責備發哥，他就不再保護你。試想想，昨天晚上，他是為誰在派出所度過一夜？你能安靜地坐在這兒嗎？」章大姐對小芳說。

小芳捂嘴，點頭。

「還有，集體保密制！」周閏發補充。

小芳又點頭。

「好了，言歸正傳。」周閏發又再喝一口汽水。

「我在派出所的報案登記冊上看見一宗電話報案的記錄，是在大前日下午四時二十分打進芒市城南小區派出所的。」

3

電話鈴聲響時，房梓正準備離開派出所，正確一點說，是溜回家。

他看看牆上的大鐘，四時十六分，現在上菜市場，還可以買到好食材。

房梓新婚，嬌妻是民族舞導師，年紀比房梓大五年，卻手嬌腳嫩，和所有家務絕緣。

可是，房梓非常饞嘴，每天想的盡都是吃。一結婚，他就獲分配到公安宿舍，就在市政大樓所在的勐煥路盡頭。宿舍大廈地庫的一層，就有菜市場。

「不是我要食，而是菜市場特意開到我腳邊。」每逢早退被逮個正着，房梓都會這樣抵賴。

今天吃什麼菜？很快便做出決定：來個木瓜雞吧！

穿上風衣，預備關電腦時，電話鈴動，在空無一人的辦公室中的他嚇了一跳。

他想假裝聽不見電話鈴聲，突然想起，有電話錄音的。

失職的公安！一宗小事，卻可能令他升做小隊隊長的夢頓成泡影，他只好提起聽筒。

「城南小區派出所。」

「聽着，我不會説第二遍。陳弱山不是自然死亡，如驗屍報告説的心臟病發，而是中毒身亡——山埃，你們要重新調查。」

「你是誰？為什麼打電話來胡説八道？陳弱山一個月前已經灰飛煙滅了。」

對方沒有回答，也不是立刻掛斷，好像要保證對方聽得明白，十秒之後，便完全沒有了聲息。

「喂，喂……」

房梓拿着聽筒發呆。

山埃？謀殺？有可能嗎？打電話的人甚至分不清是男是女，什麼年齡，明顯是透過一個聲音處理器！

派出所不是沒有接過惡作劇電話，但大費周章用聲音處理器的，這是第一遭。

缺德的拿死人開玩笑！唉！不管孰真孰假，都要當電話舉報，只好在電腦的報案冊檔案中輸入資料。

日期是一五年二月三日，時間是下午四時二十分，將電話中所說的話原原本本記下。

如果有時間，可以重播錄音修正。報案人：不詳。備註一項，考慮片刻，寫下：有待跟進。

他離去，踏出派出所，便向左邊走，穿過丙午路，再拐一個彎，宿舍大樓在望了。突然，後面有人提起嗓門喚：「公安哥哥。」

他有點心虛，但知道穿制服的只有自己，一定是喚自己。

轉身，看見一個婦人向他點頭，面善，但一時間想不起，婦人已慢慢走近。

「去菜市場？回家？真巧。這一兩天，我正想去派出所找你。」

「你是？」

「珍嬸，陳弱山先生的幫傭，有印象嗎？」

立刻聯線，立刻提高警覺。剛接到有關陳弱山死亡的電話舉報，他的幫傭就在眼前出現。

「呃，記得的。到派出所找我？什麼事？」

當然不能透露電話報案，又疑心來電的會不會是她？

「是這樣的，這幾天多了人來拜祭陳先生。這些人，都是他的遺產承繼人，早晚要知道陳先生有什麼遺物的。我便醒起，當日公安從家中撿走物品，已經有多天了，我想領回去。」

「原來這樣！」房梓吁一口氣。

「好的，沒有問題，你明天來派出所一趟吧，簽個字，就可以將物件拿回去。」

「好的，明天，我不會太早來打擾的。」珍嬸笑盈盈。

唉，就是說，你認定我遲到早退了。

爭辯也沒用！事不離實。但真正的事實是，翌日早上，房梓罕有地絕早回派出所。

一晚沒睡好，輾轉反側！電話報案、謀殺、珍嬸、山埃這些字詞不斷在他腦海重播，不肯放過他。

當時公安撿走的物品，只是要確定陳弱山有沒有濫藥，而當珍嬸說陳弱山沒有濫藥的習慣，所有調查都變了例行公事！現在回想，實在太輕率了。

因此，房梓翌日天一亮，便趕回派出所。

證物房由另一位同事負責，這位同事是蛇王中的蛇王，你完全猜不到他什麼時候上班。

可是，要知道鑰匙的位置則毫無難度，鑰匙被隨意的扔在櫃子內，不費氣力便找到了。

打開證物房門，前面一枱一椅，側邊是文件架，後面就是一排排放滿證物的角鐵架。

文件按年月排列，不同於報案室，證物簿還是用手寫的方式。

找到去年九月至十二月的一本，從十二月開始翻下去，找到了。陳弱山物品記錄，細列着二十多項，大都是衣服鞋襪，要檢查是否有沾了大麻顆粒。連室內的盆栽也不放過，但那些盆栽單是外觀已不像大麻。

看見一個檸檬汁瓶子連瓶蓋！是不是有山埃？立刻戴上手套，高舉，細看。瓶內已沒有任何液體，即使有，多日來都乾掉了。

且慢，瓶底真的有沉澱粉末，不留心看，毫不察覺，再放回證物透明袋，成為重要證物了。

掛電話到化驗所，請他們來取件。

「是重要證物，可不可以優先處理？」

對方答應了，化驗所就在市政大樓，很快便有人來取件，然後同事陸續上班。

房梓沒有將事件上報，如果不是山埃，就當整個早上白忙了一場；如果是山埃，他才補回一切正確手續，而事件對房梓來說，變得非常有意義。

可能會受上司責罵幾句——自把自為，擅作主張。但陳弱山是城中名人，事件公開後，局方是不能公然抹煞他所有功勞！

一面牽掛着，連午餐也反常地沒有和大夥一塊兒出外吃，只胡亂叫了一碗過橋米線，吃不滋味。

心不在焉盼到下午三時許，有人推開派出所的門。心中一喜，以為是化驗所的報告送回來……

原來是一男一女扭扯着進來，女的，房梓認得，是菜市場賣雪山溪鯇的檔主，男的卻很生面，但一見難忘，十足苦瓜乾。

「什麼事？」

「我要來報案。」兩人異口同聲說。

七嘴八舌的開始互相指責，根本聽不到二人說什麼。

「喂喂！」房梓制止二人，「逐個逐個說，你先說。」指着檔主。

「這塊苦瓜來我的檔口，指着雪山溪鯢問是什麼。我見他是遊客，不知道溪鯢是雲南之寶！」

「如果是寶，你就更加犯法了，罪證確鑿！」

苦瓜插嘴，又展開罵戰，場面混亂。

房梓忙着分隔他們。

經過一輪澄清、辯解，事情其實非常簡單。

一名遊客看見自己未曾認識的魚類，一口咬定是瀕臨絕種生物而要控告販賣者。

「周同志，」已經知道苦瓜姓甚名誰了，房梓嘗試向他解釋：「雪山溪鯢並不是瀕危生物，而是芒市河的特產。你沒有見過，是因為這種鯢只能在芒市河生活，上百年來，我們將之釣捕曬乾出售，對身體非常有益。」

周同志並不同意：「你怎知牠不是瀕危生物？」

房梓啞口無言，但檔主反應更快：「你又怎知牠是瀕危生物？」

「我不肯定，所以才報案，要檢定名目才知道。」轉向公安，「公安哥哥，這是重要證物，請存放在證物室，要向聯合國尋求幫助。」

明白了，項莊舞劍，志在沛公；周同志報案，志在證物室。他並不知道，他要尋找的證物已被送了去化驗所。

「搞到去聯合國？」檔主不屑，「哼，我們國家有我們國家的法律，不須外人說三道四，你這樣做，傷害同胞們的感情。」

「雪山溪鯢有雪山溪鯢的生存權利，大自然有大自然應該遵從的法則。子非魚，焉知魚之樂？每天，牠乾瞪眼的控訴你，你聽不見看不懂？」

檔主要來打他，房梓阻止，這個時候，又有人推門。

「化驗所送件，請簽收。」來人說，「一個空瓶，一份報告。」

房梓高興，周同志更高興，十居其九這是報案室收到神秘電話後展開調查，原來證物送上門，真是得來全不費功夫。

房梓趕忙簽收，想立刻打開報告，隨即看看二人。

「要儘快打發他們。」房梓一面想，一面把報告和瓶子放到一邊。

「兩位和解吧，我不落報案簿，萬事以和為貴。」房梓說。

檔主同意，時間就是金錢，她想回菜市場。周同志有點為難，最終也同意了。

「不正式報案也可以，但至少給我一個備案。我仍會逗留多幾天，如果再有事發生，有個保障。」

房梓想儘快打發他，立刻同意，打開電腦，說：「你說什麼，我就寫什麼。」

周同志趨前，順便將背囊放在報告和證物之上，他胡扯，大意說有一名遊客來城南小區派出所，建議對雪山溪鯢進行保育研究云云。

周同志又要求一份副本。打印時，周同志説：「我要借用衞生間。」他不待允許，便走入衞生間。在背囊的掩護下，把化驗所送來的物件也一併拿走。

衞生間剛巧沒人，周閏發趕快打開報告，速讀，最後一行是：結論：瓶底粉末為氰化鉀 0.25 毫克。

真的是給人下毒！

走出來，準備將證物和報告放回原位，報案室多了一個人，一見周同志便喊：「周閏發先生，你為何來派出所？」特意的面露詫異！

那是青年中心主任陳偉雄！

房梓在打印機前抬頭，問：「你認識他？」

「認識，周先生陪其中一位繼承人來領取陳弱山的遺產，周先生是一名偵探！」

第六章

醜聞

1

當媽媽在電話另一端大哭時，程湘感到錯愕和可笑，而不是悲慼。怎會是這樣的反應？

「你哭啥？如果那個男人是被人謀殺而死，那麼你一直憎恨他就是對的，原來他真的惹火人了。」

「我不知道，他——是山埃？」仍在抽泣，「被下山埃毒不是太痛苦吧！」

「我不知道！公安已重新調查，一切都不向外透露。」程湘的怒火持續爬升。已經不是那個男人那個男人的稱呼，還開始關心他死得痛苦與否。你知道我的世界正在崩塌嗎？我的好媽媽。

就像你一直被灌輸的一種主義，你為之而效命的主義，突然一天，被認定為假命題，是無法再演算下去的邏輯！

自懂性以來，媽媽都說，是那個男人害我們兩母女的，看，你的悲慘命運就是他一手促成。

如今，因為謀殺案件，將所有的都推翻，但我帶着仇恨成長的生活，又可以再來一次嗎？

最諷刺的是自己的名字！這個所謂的我，被冠名「情傷」的我也要一併被打倒了。

人生是如此荒謬，是一場鬧劇！

「不要再鬧了，」聲線逐漸提高，「要等待結果？我是代表你的，我沒有所謂。」

「結果？什麼結果？」程女士有點亂套了。「遺產？謀殺？」

程湘按捺着。

「兩件事是無關的，我會爭取遺產優先處理，如果你想繼續。至於謀殺，你倒沒有興趣知道兇手是誰。」另一端沉靜了好一會，似乎在消化程湘的話。

突然，響起顫慄的聲音：「湘，不是你殺他吧！天呀！」

如果是我，你會不會大義滅親？

掛斷電話後，程湘坐在房內喘息，已經不能控制情緒，好一息間才能稍稍平服。正自納悶，不知道下一步該如何時，房間電話響起。

「程小姐，我是大堂的接待員，你有訪客，請你下來一趟。」

會是誰？拿起外套和皮包便走下大堂。

黃恩霖！

自小生活謹慎，苦多於樂的程湘，對嬉皮笑臉的人不至於反感，但厭惡之情卻也無法掩飾。

「你找我幹什麼？說好了，繼承人之間是不能私下約談。」

「你先別動氣，不會浪費你太多寶貴時間。先坐下來，我們這樣站着，很礙眼呢！」

早上約十一時，大堂人流稀疏，他們毫無困難找到一個不會有人打擾的角落坐下。

「可以叫你一聲湘姐姐？」

程湘不作聲表示抗議。

「好吧，程小姐。」嬉皮笑臉的青年討好的立刻修正，「如果你不高興，可以叫我乜乜乜。」

「你還是切入正題吧，在我失去耐性之前。」

「你想不想我們獨得遺產？」真的切入正題。

程湘想一想，化怒為笑。唉，這就是現在的年輕人。

開始時對自己心懷敵意，又可以隨時變面來討好。明白對方的來意後，她倒有興趣來耍他一耍。

「既然是獨得，又何來我們？」

「我此番來找你，是尋求聯盟。如果你同意我的提議，我們便是結盟。」

「所以，獨得遺產的意思，就是由結盟一方獨享？」程湘接續下去。

「湘姐……程小姐冰雪聰明，真的有陳——的遺傳因子。」

「哼！」

換來冷笑。

「誼父原來是被謀殺的，遺產的事變得複雜，存在很多變數。如果要順利繼承遺產，團結一致是最好和唯一的方法。」黃恩霖自顧自的說出想法。

「我倒不同意，兩件事不能混為一談。」

「你錯了，這兒是共產主義國家，想的做的都不是你能理解的。」

程湘一怔，不明所以。黃恩霖再解釋：「我在國內生活多年，應該比你明白。其實，就像人民幣一樣，所有的財富，不管是官家的、私人的，都是有入無出。所以陳弱山在未死以前將所有財產捐出，因為他知道，即使他不這樣做，他也不能將財富運出國。」

程湘開始明白了。

「區政府想不到他竟然留了一手，而且由海外的律師來執行。」程湘說，黃恩霖點頭。

「當他們知道以後，也沒有辦法阻止，事情太公開了。而更重要的一點，是大家都不知道遺產是什麼，得到遺產的方法又是什麼。如果遺產根本不值一文，又或者，難度高得根本沒有人能取得遺產，就不用強出頭。」

「所以，區政府便靜觀其變，」程湘接下去，「咦，那個青年社區中心，會不會是政府的監控器？」

「你都想到啦。」黃恩霖一笑：「我可以斷言，因為謀殺案，政府可以名正言順介入事件，遺產繼承已經變得可有可無。」

「如此說，我們還搞聯盟？事情都泡湯了。」

程湘馬上想起媽媽，幸災樂禍的鬆一口氣，說泡湯時竟泛起笑意。

「不是泡湯，而是更有把握得到遺產了。謀殺讓事情由明路轉入暗路，不是那些外來人可以應付的，只有像我這樣懂得門路的人才有辦法。」

程湘望一望一臉得意的黃恩霖，說：「你對誼父被殺的反應很有趣。」

「死者已矣，刻下最重要的是幫他保住他最想保留的遺產。」

「你真孝道。」程湘揶揄。「然則，你知道門路，我預祝你成功。你也不用急急的來找我，遺產，你獨個兒享受吧！」

程湘站起來，意欲離開，黃恩霖立刻說：

「五人之中，我倆才是至親……」

「所以，你選擇了我。」程湘重新坐下，「聽好了，不用做鑑證，我都能肯定你不是陳弱山的私生子。如果你再不坦白，我們的談話只能到此為止。」

「唉，程小姐，做人留點餘地好不好！」黃恩霖賴皮，「知道了，我坦白啦！我不是陳弱山的私生子，連誼子也不是。」

「什麼？」

「是誼孫倒千真萬確。在我們家鄉，廣東斗門，香山，我祖父洗禮加入教會，由陳弱山做教父，當時父親還非常年輕。後來中國變色了，祖父、爸爸因為入教，都沒有好下場，祖父的書籍、《聖經》，都給紅衛兵燒過精光。」

程湘不禁露出同情的目光，一個人一個故事，自己的際遇可能比面前的年輕人平坦。

「其中一張洗禮證，父親卻從熊熊烈火中搶救出來。後來爸爸把洗禮證給我，着我去找祖父的教父。

「『我沒有什麼可以改變你的命運，就只有這張洗禮證了。』當時爸爸跟我說。」

「於是，你就去找陳弱山？」

黃恩霖點頭。

「他二話不說，供書教學，管吃管住。但他也怕惹禍上身，着我不要提本家的事，人前人後，以誼父子相稱吧！」

「但這種關係，國內是不認的。」程湘下結論，對陳弱山開始有點改觀。

「所以，我需要聯盟。」

程湘下不了決定，反而問一個無關宏旨的問題：「你生活如何？書讀得有點成績吧？」彷彿在關心親弟弟。

「你說呢？」

不置可否。唉，又是那些不學無術的富三代！

「如果我跟你聯盟……」

「我會以你的名義，去跟區政府周旋，緊跟事情的發展。」

程湘想，這不啻是沒有辦法中的辦法，很明顯，黃恩霖需要她，她也需要黃恩霖。

突然，醒起媽媽的話，沒頭沒腦的，程湘衝着黃恩霖問：

「陳弱山不是你殺的吧？」

黃恩霖為之氣結，「你……」

此時，二人的行動電話同時響起羣組訊息提示。

2

「請到青年中心集合，有要事相告。」各人的羣組留下 Richard 發出的短訊。

半個小時內，大家都在飯堂齊集。

麥美好、程湘、黃恩霖和盧涵都是單獨赴會，而陳小芳照例是一行三人，而且，二人都拖着行李。

「各位，特意讓你們來，是要告訴大家兩件事。先講一件簡單的，五位承繼人，其中一位宣告退出了，那就是陳弱泉先生，他的代表是孫女陳小芳小姐。」

「我代為解釋一下吧。」章大姐徐徐站起，「陳弱泉先生的弟弟不幸證實被謀害，陳弱泉先生非常震驚，也非常後悔將孫女捲入事件當中，因此着我們立刻回香港。此其一，而且，想不到事件何時了結，小芳要開學了。」

「小芳要開學我非常明白，但為什麼事件不知何時了結？到底又是什麼原因？」盧涵問。

「這就是我要說的第二件事。公安告知，案件在偵查階段，繼承遺產的事宜因此要停頓下來。」

「且慢，公安無權這樣做！」

「沒道理！不成我們都變成嫌犯？」

大家你一言我一語表示氣憤。

「我們先告辭！還得趕去機場。」

就在 Richard 被各人扯着開始提出問題時，章大姐等三人陸續離開飯堂。

其實，三個人都不願意就此離開。小芳已經不害怕，能夠親身經驗謀殺案件，原來比上課更精彩，比看偵探小說更過癮。

「現在離去，會造成我的終身遺憾。」小芳一路走，啾嘴。

「但再不回家，你媽媽肯定會崩潰。」周閏發幫章大姐挽行李落樓梯，「我比你更不甘心，這等情況，就是我最能施展所長的時候。」

「最可惜的是我，我此行為什麼？是要伸張正義。」章大姐道。

「又關正義什麼事？」周閏發失笑。

來到了斜道。

「從嫁入陳家開始，我一直耿耿於懷……」

「哎喲，我的行李卡住了。」小芳喊。

行李右邊的輪子在斜道的扶欄擱淺。

「不要猛扯，我來幫你。」陌生人的聲音。

抬頭一看，原來是中心主任，他在扶欄的另一邊，俯身將輪子推回去。

「可以了。」他直起身，對小芳微笑，「回家啦！」

小芳點頭，「謝謝你，叔叔，再見。」

「嫲嫲，回到香港，老師一定說我的普通話進步神速。」小芳跟章大姐說，後者卻怔怔的望着陳偉雄離去的背影。

好面熟，似曾相識，什麼時候見過？一連串的問題，在章大姐的記憶中撞擊着。

芒市機場有直航往北京，去到北京，再轉機返香港。一路上，章大姐異常沉默，令其他二人百無聊賴。

在候機室，周閏發想到一個莫名其妙的疑問：「陳偉雄為什麼肯定我們會返香港？」經過派出所一役，周閏發對中心主任毫無好感，直呼其名。

「我們都拖着行李嘛！」小芳賣聰明。

「我的意思是他毫不感到意外呢！章大姐，你認為呢？」

「嗯，中心主任？」回神。「他——似曾相識。」

「不會吧，茫茫人海，在雲南你又認識人？真是相識滿天下了。那麼他是誰？」

「我硬是想不起才苦惱。」

「那就不要想。你不去想，自然記起。」

「說的也是。」章大姐說不想就立刻不想。

「你倒說說，此行為的是正義，是什麼一回事？」

「我是不應該說死人壞話的，所以對老泉沒有透露半句。總之，我知道陳弱山的一個秘密，甚或是醜聞。你知道他是過繼的？」

「略有所聞。」

「關鍵就在過繼的事情上。他能有今天的成就，全因為過繼給陳弱泉的爸爸。可是，我可以告訴你，他是不配的。」

「唔，有點頭緒了，因為他不配，你要伸張正義，幫陳家後人取回公道。」

「相去不遠。」

章大姐點頭，大有孺子可教的意味。

電子屏幕打出他們乘坐的班機預備登機，與此同時，周閏發的電話鈴動，他走開聽電話。

五分鐘後走回來，說：「章大姐，我不回香港了。」

「為什麼？」一老一少嚇得張大嘴巴。

「保險公司正式聘請了易偵探社偵查謀殺案件，我必須留下。你們路上要小心，彼此照應。」周閏發說的時候面容放光。

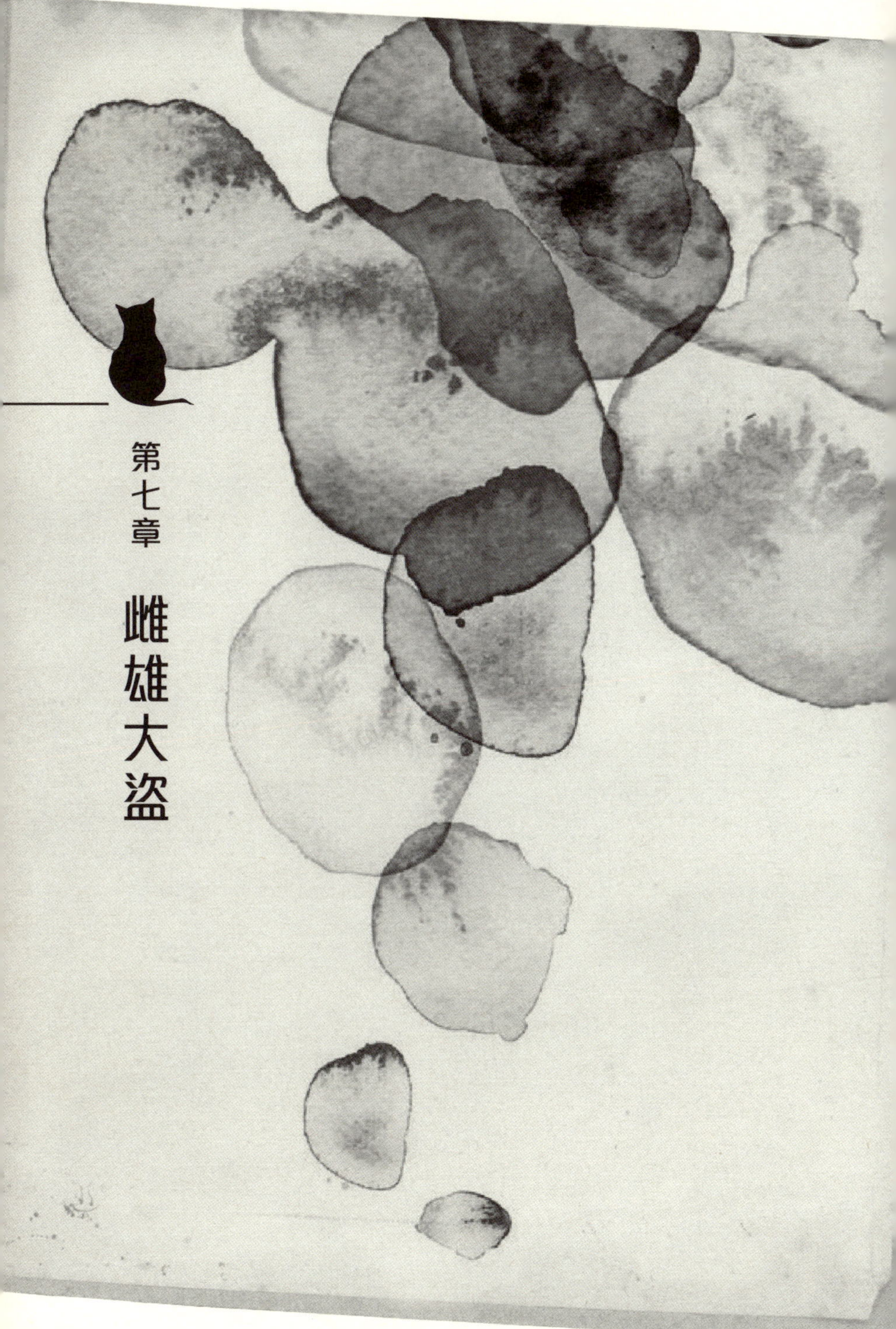

第七章 雌雄大盜

1

「我剛為一家保險公司偵破名畫失竊案，賽贏電腦。」電話傳來居巽圓的聲音，「合作非常愉快。」（夾雜一些胡胡的響聲。）

「巽圓姐你在哪？」周閏發問。

「在夏威夷。」

原來是海浪和海灘的風沙聲音。

「巽圓姐你說笑吧，你不是立刻來雲南？」

「你對自己沒有信心？」

周閏發滴汗，無語。

「我不會棄你於不顧的！但這個亦是保險公司向雲南當局爭取介入的唯一條件：不可

再派員調查，易已有人手在雲南。」

「但我覺得整件事很複雜。……」

「但我也聽說，自我介紹時，你說自己是英明神武的偵探。」

「巽圓姐，沒有事情可以瞞得過你，所以我更加需要你，你我心知肚明，到底我有多英明神武。」

「周閏發候命。」

居巽圓不再給周閏發機會嚼舌，即使沒人看見，周閏發也馬上立正。

「這趟任務，保存陳弱山遺產，不讓有關當局以任何名義沒收為首要，調查謀殺案件為次。關於第一項任務，竭盡所能，死而後已。」

「那麼嚴重？」

「關於第二項任務，一遇危險，立刻收手。有問題？」

「當然有。」他竟然舉手，「你不來，我完全沒有支援，這兒又實行網絡封鎖，相信我已被盯上了，如何是好？」

「問得好。是時候給你介紹你的超級拍檔——保險公司的智能偵探。你們會直接透過保險公司的最安全系統聯絡，他會給你提供支援。他非常年輕，和你同聲同氣。」

「靠得住？」

「我和他合作愉快。當然，他的程式設計還有改善空間。」

「有盲點？唉！」周闓發有不祥預感。

「還有什麼問題？」

「沒有，還有什麼吩咐？」

「祝你幸運。」

「我也祝你假期快樂！」

彼此掛斷。

周閏發折返芒市，住進之前下榻的同一間酒店，不過轉去單人房。單人房的方向比原來的套房方向更好，拉開窗簾，滾滾怒江正在腳下。隔着厚玻璃，雖然聽不到洶湧澎湃的潮聲，也能感受到她的威脅。

怒江從北至南貫穿雲南，在芒市這一段，江水已算是輕柔。千百年來，不知多少人在橫渡時葬送掉，給吞噬了，非常令人歎息。

只怪當局沒有做好地方建設，漠視少數民族的需要，海納百川，民族共融！說的一套，做的又是另一套！

陳弱山先生，你赤身而來，現在選擇隨波逐流！你倒了無牽絆，逍遙自在，可知道現在我正在為你的死而犯難、奔波？

周閏發正自胡言亂語之際，門外叮噹一聲，想一想，才理解到是門鈴。

他直覺地在身上一探。唉，沒有任何武器傍身，但我就是一件武器！

他擺出陣勢，學着李小龍的套路，蹦跳往應門。

「誰？」

「快遞公司送件。」

打開門，果然是一個穿着橙色制服，戴着喼帽的送遞員。

簽收了。跨國大企業就有這樣的好處，派遞一定直接送到指定的收件人手上。

份量輕盈，打開，裏面只有一頁的函件：

「親愛的周閏發先生：

很高興能和你一同偵查陳弱山先生的死亡事件。

我叫GB3，是從事先進科技研發的一名偵探。我已設計了一個電話應用程式，只供我們二人使用。

程式名為愛倫坡，顧名思義，這個程式是用愛倫坡的小說溝通，如果有人入侵這個程式，如對愛倫坡沒有印象，一時三刻，未必能解讀。

閱畢這封信，請你儘快毀滅了它。

先送給你一份見面禮：調查次序：1陳偉雄；2麥美好。

調查結果務必第一時間匯報。

合作愉快！

GB3上」

信末還印上 GB3 的蓋章。

愛倫坡！這個世紀最新科技的智能偵探，竟然用上最古典的推理小說作家來溝通。

不過也算他聰明，最古老的通訊，就是最安全的通訊。

要知道愛倫坡就是推理小說的鼻祖，其後所有以拆解密碼為賣點的推理小說，都是在他的作品中找靈感。

幸好在易偵探社，有這一門學習課，至於 GB3 的名字，不敢恭維！

也不理了！先讓這封信消失。沒有碎紙機，沒有打火機，如何是好？很懷念酒店房間擺放着火柴盒的年代！

這個時候，電話震動，開啟，愛倫坡 Apps 已然在電話出現。

點擊進去，新推出的產品是爆炸糖，綠色熒光包裝。「千萬別錯過在你口中爆炸的滋味。」宣傳口號這麼說，周閏發失笑。

GB3 的蓋章款式，就是爆炸糖的包裝款式，周閏發將信件撕開時，已聽見噼嚦的聲音，趕忙將信塞入口中，入口即溶，在口中小爆炸，十分過癮！

2

周閏發走到大堂，想不到和 Richard 碰個正着。

「Richard 律師，那麼巧？」

「你知道不是碰巧，你知道我是專誠來找你的。」

「這就奇了，我明明去了機場。」周閏發明知故問，「竟然知道我跑了回來，又知道我落腳的地方！」

「哼，」有點沮喪，「保險公司比我們律師事務所闊綽，我只不過住芒市賓館。」

「也不錯嘛，據說是市中心最好的。」

「我在酒吧那一邊，請你也過來。」

二人坐下後，Richard開門見山：「對不起，你知道，我們各有專業，我從事法律業務，也不懂和偵探打交道。無端捲入一宗謀殺案，逼着我們走在一起。」

「你不喜歡和我合作？」

Richard一怔，不知如何回答，俄而，吞吞吐吐：「剛才已經說了，我不擅長。你有你，我有我就最好。」

「不可以，因為我的首要任務在於遺產分配。」

「遺產分配是我的專業範圍，你也不知道來龍去脈。」

「所以，我們才要合作啊！你對我一定要撇除成見，那些法律條文我也毫無興趣。」

Richard 總算鬆一口氣。

「下一步，請你儘快繼續遺產事宜。」

「很困難，有關當局已着令停止，直到……」

「那麼，我只好接管了……」

「好好好，我且去斡旋，你先別插手。」Richard 一面站起一面說：「我馬上辦，保持聯繫。」生怕周闓發再有要求。

周闓發突然想起名單中的第一個人，「且慢！」

「又做什麼？」

「請你幫我約見一個人，青年中心主任，叫什麼……」周闓發故弄玄虛，假裝不知道對方的名字。

「陳偉雄。」

「是的，陳主任，他好像很熟悉陳弱山。」

「沒有問題。」

「約在什麼地方，什麼時間，再通知我。」

「好的。」Richard 匆匆離去。

一個小時後，Richard 傳來約會時間和地點：晚上六時，在 Hill Café。然而，周閏發並沒有出現。

原來他使了一招調虎離山計！他現在的位置，是陳偉雄的辦公室。

他在酒店買了手電筒、彈弓刀、手套，價錢非常不合理，但並無選擇。

地方並不寬敞，從手電筒發出的光源勉強照亮前面三尺的地方。

不肯定要找什麼，但基於偵探的本能嗅覺，他筆直走去文件櫃，拉一拉櫃門，並沒有上鎖！暗喜！更肯定文件櫃藏了重要物件，當然，不是在抽屜內。

周閏發把最底層的抽屜整個拉出來，電筒伸入文件櫃底部，果然有東西藏着！

心頭砰然跳動，迅速伸手進去，黑暗中把摸到的所有東西全部取出來。

一個文件袋、一盒錄影帶，還有一個多層風琴式塑膠文件盒。

一時間不知道應該如何處理錄影帶，先放在一旁。匆匆解開文件袋的繩子，裏面是幾張地契，包括豆地坪咖啡園的地契，地契持有人全都是陳弱山。

每張地契都有一張附件，說明所有地皮均由陳偉雄管理，陳弱山死後，則全部捐給青年中心所屬的志願機構。

正要打開文件盒時，電話一閃一閃，有來電，是Richard。

「喂，喂，在哪兒？為什麼還不來？」

「你沒有通知我，我以為你還未約，約了？」

「不可能，我已經傳訊給你，在 IIII。」

「真的沒有，你看看有沒有黃色？」

果然沒有，以為一定會傳過去，沒有留意，為之氣結。其實，是 GB3 做了手腳。

「你幫我約了真是太好了，請等我，馬上趕來。」

「好！咦，不見了，陳偉雄已經走了。」

坐在 Richard 身旁的陳偉雄馬上察覺中了周閏發的圈套，沒等向 Richard 解釋，飛奔離開，趕回中心。兩個地點只不過相隔一條街，快跑十分鐘就可以回來。

周閏發思想掙扎，五秒鐘做出決定。快速打開文件盒，儘量拉開分格，連環快拍，然後用電筒看清盒面上的日期，把所有東西歸位。

他相信陳偉雄已來到大門前，太刺激了！他笑着關上門。

陳偉雄急急走進來，只聽到自己空洞的腳步聲，整座建築物幽幽地投向月光的懷抱，一點動靜也沒有。但陳偉雄認為，較早之前，的確來了不速之客。

3

事實非常明顯，陳偉雄是兇手的嫌疑非常大。

周閏發將文件盒快拍照片變成數據，藏在一幅愛倫坡的肖像內，放上愛倫坡 Apps，極速，已有了答案，仍是用速遞的方式交給周閏發。

全部是陳弱山買賣石頭的報道，按年日排列，用石頭性質分類。最早的交易記錄，竟然早在十年前，原來他早已被關注、被盯上了！

伺機接近，謀財害命！

當然，這只不過是非常粗糙的推論，仍有很多解不開之謎，仍待消化。

此外，是那盒錄影帶，只要知道上面標示着的日期，任何人都會恍然大悟，並不需要一個偵探頭腦來推敲。

所標示的日期，正正是準繼承者們兩次在青年中心開會的日期！毫無疑問，飯堂安裝了攝錄鏡頭，將會議的過程拍下！監視。怪不得料事如神！

周閏發想過去飯堂查看有沒有攝錄鏡頭，但隨即打消念頭，鏡頭一定被拆除了，不留痕迹。

將三件物品拼湊成一幅圖畫，陳偉雄的所作所為一目了然！要捉陳偉雄回來審問！

可是，這兒不是香港，他沒有本事捉住陳偉雄，更重要的是，他不是社長居巽圓！沒有能耐讓疑犯墮入圈套，自動招供。

更要命的是，任何被抓的疑兇都可以反問：好吧！我的確有殺陳弱山的動機；那麼，我什麼時候殺他？如何殺他？

無疑，這是整件謀殺案最大的難處。

兇器已經發現了——溶解在有汽檸檬水內的山埃。唯其如此，兇手行兇乾淨俐落。陳弱山是在家中自行喝下檸檬水斃命，沒有目擊證人，沒有人灌他！連當晚不在場證據也不用提供！

前無去路，周閏發唯一想到的就是：解鈴還須繫鈴人，即使犯險，即使驚動嫌犯，他都決定去找陳偉雄一探虛實。

撥打電話到青年中心，被告知陳偉雄整天都在咖啡園，周閏發在網上電召車子，直奔豆地坪。

豆地坪在芒市最東邊，原本是一塊荒廢了的農地，因為雲南近年轉向培植高價植物如松茸、靈芝等，低價位的一般種植已愈來愈少人願意投放資源。豆地坪的土壤也非常瘦瘠，日益荒廢。

就在這個時候，陳偉雄説服陳弱山買下這塊地，不是用來投資，而是栽培年輕人，珍惜保育自己的土地。

可是，幸運之神永遠站在陳弱山的一邊，不久雲南全力投入咖啡培植，要打造雲南成為咖啡豆的世界產地。豆地坪的土壤原來非常適合可可樹生長，原來的爛地突然遍地黃金！

走了一大段上坡路，還看不見咖啡園，周閏發有點後悔了，早知如此，就叫司機載到大門口才下車，而路卻愈來愈不好走，側面出現一道一直往下的石階，異常狹窄陡斜。

周閏發探頭下望，見不到石階的盡頭，不知道通往何處，但在極下處隱若看見竹棚。

或者是咖啡園的另一邊入口，這樣估計，周閏發決定改道，抄捷徑。

一直往下走，石階往下旋，轉彎，路開始不好走，石階寬窄高低變成不規則，樹蔭更濃密，遮蔽了天空，不見天日。

要不要再往下？正在猶豫之際，有人從下面急急跑上來。麥美好！

「呀！」忽然看見周閏發，麥美好叫了出來。

「你怎麼來這兒？」二人同時向對方發出疑問。

周閏發隨即想到，麥美好在名單中名列第二。

「喂，你鬼鬼祟祟的，心虛？」

「誰說我心虛了，你太沒禮貌了。」卻沒有否認鬼鬼祟祟。

「我有禮貌你就會告訴我你在做什麼？」

「不要以為你是偵探就有權查根問柢。你跟蹤我！」說時皺眉頭，又不時回頭望。

原來都知道了，這又難怪，這個小城市根本就沒有所謂秘密。

「如果我有理由懷疑你是兇手，就有權查問你。」

「神經病！」又回望，「快讓我離去！」

「你怕什麼？」

周閏發往麥美好身後望，想前行。

「不要，危險！」麥美好情急阻止。

「什麼危險？」

「離開這兒再說吧！」

突然，又瞧一瞧周閏發，像想通了什麼，說：「你是來查案的，你懷疑陳偉雄而不是懷疑我！你不是跟蹤我。」

周閏發順勢說：「算你聰明，你不是兇手，但你是幫兇，你和陳偉雄聯手謀財害命，雌雄大盜！」

「胡說八道！」不怒反笑。「你繼續毫無收穫的調查吧，再見！」

麥美好快步離去，周閏發一個箭步攔截。

「為什麼毫無收穫？說！」

「你讓我走，我一定要離開。」

「你不說清楚，不讓你走。」

「陳偉雄不是兇手啦！你再走下去，會惹來極大麻煩，清楚了吧！」

4

當麥美好說陳偉雄不是兇手時，周閏發非常詫異。

周閏發提議與麥美好立刻離開，不跟任何人說他們今天在咖啡園相遇，又將她從疑犯名單中剔除，只要麥美好將她所知道的和盤托出，麥美好立刻同意。

「去陳弱山的家吧，那兒最安全。」麥美好竟然說。

周閏發未曾到過案發現場，很興奮。

在途上，麥美好很鄭重的聲明：「我不是為了脫身，我希望你能查出真兇，不要讓陳弱山死得不明不白。」

周閏發道：「我可不可以跟你坦白？」

「當然可以。」

「麥小姐，你和我最初見的麥美好判若兩人。」

麥美好一笑，問：「你的結論是？」

「很可怕！」

麥美好打開門時，周閏發「嘩」的一聲，非常羡慕！首次，希望自己是準繼承人之一。

「你先來致祭。」麥美好吩咐他。

一張祭桌，上面一張大照，兩旁兩枝白蠟燭，前面一盤生果，還有三枝有汽檸檬水！與在派出所見到的同一牌子。

「咦！」他想拿起來看。

「不准碰！」

「為什麼！」

麥美好拉開周閏發，背向祭桌。

「我買的，是他愛喝的牌子，你想他今晚來找你？」

周閏發望一望麥美好，後者很認真，原來她不知道有汽檸檬水，也不知道山埃！

「過來坐吧！」麥美好指一指沙發。

「為什麼你認為陳弱山不是陳偉雄殺的？」

「我不知道啊！」

「剛才不是這樣説的。」周閏發反駁。

「我只是按常理推測，覺得可能性不大，老實説，我留意陳偉雄很久了。」

「是嗎？」

麥美好點頭。

「因為你覺得他覬覦陳弱山的財產，很有謀略？」

「不是，剛好相反，他蠢人一個，不要看他相貌堂堂。留意他，是因為怕他蠢連累陳先生。」

「說得詳盡一點好嗎？」

「沒問題。事情得由十年前說起，這個故事是珍嬸說給我聽的，當時還未曾認識陳弱山。十年前初春來臨不久，陳偉雄摸上門找陳弱山，希望陳弱山能救他爸爸一命。陳偉雄說跟陳弱山是同鄉，希望陳弱山能出手相助，救他爸爸一命。」

「他爸爸是誰？」

「已是陳年往事，珍嬸當時已立即忘記。」

「陳弱山輕易就相信？」

「本來不是，因為找陳弱山幫忙、攀關係的人真的絡繹不絕，但陳偉雄竟然已想到這一層，他說：『相信經常有自稱同鄉的人來找你幫忙，我不想你為難，亦不想白白欠你人情。』然後，從一個手提袋中掏出一塊石頭。」

石頭！

「他把石頭放到陳弱山面前，說他爸爸健壯時，最喜歡玩石。」

「『這塊石就是他買下的，是他最喜歡的一塊，現在賣給你，你放心時我亦不欠你人情。』陳偉雄說。陳弱山一時高興，也喜愛眼前這位孝子，一口答應對方，問他要賣多少錢。陳偉雄眼不眨的說了一個荒唐的數字：十萬元人民幣，而陳弱山竟然立刻給他十萬元現金。」

「往後，這塊石頭升值了？」周閏發想像到一個出人意表的結果。

麥美好又點頭。

「升值到一百萬，很誇張，想不到吧！後來，陳偉雄不止一次跟人說悔不當初。」

「陳偉雄的爸爸，到最後，能不能靠那十萬元起死回生？」

這回她搖頭。

「他爸爸死後，他便來投靠陳弱山，為他賣力，他不斷幫陳弱山出謀獻策，在旁的人都為陳弱山抹一把汗。買賣石頭就是陳偉雄的主意，每趟用高價買入的石頭都無人問津，只能作廢石放在一起，甚而有石頭專家發表文章，說陳弱山完全是門外漢。可是，陳弱山真的非常幸運，過了兩三年，石頭變得矜貴了，價錢比買入時漲了十倍也不止。又有石頭專家說，陳弱山是中國數一數二的石頭收藏家。」

「實在非常有趣。」

「我自己也見證過陳偉雄幫倒忙的能耐，所以，他不可能謀害陳弱山。首先，他不是遺產繼承人；其次，陳弱山死了對他一點好處也沒有，陳弱山真的是他的貴人。」

周閏發想起在陳偉雄辦公室找到的地契和附件，問：「青年中心和咖啡園呢？」

「那是志願機構的，信託人是政府。陳偉雄雖說是總幹事，亦只是僱員一名，陳弱山死了，政府隨時可以換掉他，補上自己人。」

難怪要有附件來保障自己！不過在國內，這些所謂法定文件根本起不了什麼作用，只是聊勝於無，可以用來上訪。

「如此說來，陳偉雄樣貌與智慧並不相配。那麼，你又為何去咖啡園，想查探什麼？」

麥美好不作聲。

「我們有協議在先，你不能不說。」周閏發催促。

「說，我一定說，只是未有真憑實據，你可不要反過來說我誣陷，讓我惹上麻煩。」

「明白。」

麥美好從布袋中取出一瓶水來喝，使得周閏發也感到唇乾，他滴水未沾呢！

「在冰箱還有飲料，不會過期的，你自己去拿吧。」

周閏發走入廚房，一雙綠色的眼睛隨即注視着他，是一隻貓！

周閏發打開冰箱取飲料，感受到貓兒的視線沒有離開他，帶着不安，快快回到麥美好身旁，她重拾話題。

「有一段時間我曾經從事咖啡行業。」

「你種可可？」

「想啊，當然不是，只是幫忙分類包裝，但因此對可可豆和種植略懂一二。所以，當陳弱山開了咖啡園，我就想去瞧瞧。咖啡園肯定不是遺產的部分，但在國內，如果我有興趣，仍然有辦法的。」

想得真——美好！

「我去了一次，發現有點不妥。」

「有什麼不妥?」

「似乎,種咖啡只是掩護,真正種的——是大麻。」

周閏發瞪大眼,怪不得好像荒廢了一樣!

「竟然搞這種勾當,犯法的!」

麥美好一笑說:「正進行合法化。」

「種大麻合法化?豈有此理,這個到底是什麼國家?」

「唯利是圖的國家。」答得非常爽快,「要將非法的變成合法,或者將合法的變成非法,辦法多的是。」

「種咖啡也有利可圖,何必呢!」

「種咖啡是有利可圖,但競爭大,而且搞的人要非常專業,有熱誠。急功近利的人並沒有這個耐性。」

說得非常有道理。

「而我更憂心的是青年人。」

青年人、青年義工每天都往豆地坪跑！

「我自己出身不好，知道前途的可貴。」麥美好說。

「剛才我碰見你的時候，就是你再次去豆地坪蒐證？」

麥美好點頭。

「竹棚下面，我肯定開闢了作為大麻的種植場，但我遠望瞥見一隻狼狗，便奪命狂奔。」

「原來如此，也不用這樣害怕吧！」周閏發失笑。

麥美好沒好氣：「不跟你說了，香港人完全不知利害。」

「不要罵香港人，我不能做代表的。我相信你就是，也會幫你守秘密。多謝你。」周閏發由衷說。

麥美好唯唯諾諾，建議離開。

打開門時，那隻貓竟然從門邊走了出去，走到門的右邊，坐下。

「Paranale，怎麼啦，你要散步？」麥美好蹲下，掃着貓毛，溫柔的說。

「你先走吧，Paranale 習慣黃昏出來透氣，我要等一等。」

「好，保持聯絡。」

走出大廈，愛倫坡有新上載，一個串字遊戲，周閏發馬上玩。

過關了，從斜線圈出一行英文字：Burberry？

插章

陳大嬸到雞棚找最後一隻母雞，母雞心知不妙，亂叫一通奪命奔逃。

「不用逃了。」一手便抄到腳邊，擒住，母雞被倒吊着緊握在陳大嬸手裏，她眼泛眼光。

不知道是為大兒子光輝下淚，抑或自己流淚，或者，在宰殺母雞之前，應該和母雞抱頭痛哭一場。

太陽疲倦了，收起光芒一路往山背下沉，而陳大嬸剛好預備了晚飯，一隻白切雞完整地盛在繪有公雞的瓦碗裏頭。

「光輝、光明，來吃飯啦！」

兩個男孩掀起布簾走出來，一個十歲模樣，非常俊俏，是大哥光輝；小的光明，七八歲，小眼圓鼻，矮胖胖似一塊石磨。

「媽，哪來的雞？」光明看見雞，立刻坐到凳上，好奇地問。

自從爸爸去世，佃農欺負寡婦孤兒，三人的生活十分困難，白切雞已很久沒在飯桌上出現，快要忘記雞的滋味！

「不要問，只管吃。」

光輝也坐下，陳大嬸趕忙將一隻雞腿放到他的碗裏。光輝見到雞腿，自顧自的吃，非常專注，一臉滿足。

雞的其餘部分，都已斬件。登時明白了！這隻雞是為哥哥煮的！光明快快不快！

但不吃白不吃，光明把兩隻已斬開的雞翼，一次過挾到自己的碗裏。

陳大嬸瞄他一眼，倒沒有計較。

「阿輝，這是你跟娘吃的最後一頓飯，以後你要搬去和二叔、二嬸住。明白嗎？」

光輝稍稍抬頭，望一望媽媽，好像會意了，又再專注食飯。

那個時代的人們並不知道自閉症，只知光輝不擅表達，不易和人溝通，其實是輕度自閉。弟弟光明對過繼一事略有聞，當時心裏非常高興！今後，我可以獨佔媽媽，可以獨佔房間了，這個想法即時在小小的腦袋浮現。

爸爸在生時，不知道為什麼，跟哥哥光輝非常投緣，其實，很多時候，光輝對爸爸細心的呵護並沒有反應，只是單方面的愛護着吧！如此一來，便忽略了小兒子光明！

這是無意的，也沒有愛一個不愛另一個的意思，無論如何，光明確實出現過妒忌的念頭，哥哥消失了就好。

不下一次的，惡毒的想法。

只見陳大嬸怔怔瞅着埋首吃飯的大兒，摸他。

「你是一個聽話的善良孩子，雖然有點固執，那邊的人會疼愛你的。」

「媽，哥哥去二嬸那邊，是不是以後不回來、不見面？」光明問。

「以後都不回來了……你說得對。」黯然。

以為小孩捨不得哥哥，陳大嬸安慰說：「仍然會見面，我們都是陳姓一家人，不過關係不同了，你的哥哥成了你堂哥。」又低頭溫柔的對大兒子說：

「以後，你要叫二叔做爸爸，叫二嬸做媽媽，可知道？」

光明一凜。

光輝稍稍抬頭，重複陳大嬸的話：「爸爸、媽媽。」

「對，就是這樣，而且，不會再光輝、光輝的喚你了。」

「那叫什麼？」光明問。

「還未決定，應該用弱字輩，你堂哥就叫弱泉。」

「弱水三千。」光輝突然說。

陳大嬸非常高興，又來摸他的頭。光輝是字迷，把家中的線裝書倒背如流，在空中寫字。家中的書翻無可翻了，就跑去二叔的家，自行打開書櫃。

一次，二叔跟妻子笑說：「書冊放的位置，光輝比我更清楚。」

妻子記住了，當大房遇到困厄時，她便向嬸娘提出過繼。

其實，書中所說的，光輝完全不明白。

「總之，哥哥跟着他們生活，和他們一起吃，和他們一起睡？」光明追問。

「對。」

光明突然安靜下來，良久都不作聲。

快要吃完飯，陳大嬸要收拾碗筷，光明望着那一碗雞說：「母雞沒有了。」

陳大嬸安慰他：「可以再養。」

光明搖頭，突然，將整碗雞捧起，一件一件塞進口。

「怎可以？小心嗆！這雞是為你哥哥宰的。」陳大嬸見兒子吃的狼狽，情急。

「哥哥以後日日都可以吃雞。」光明抬頭說，首遭，用凌厲的眼光盯着媽媽。

一夜無話，醒來，不見了光明。光明穿過一個灌木林，來到二叔的家。

香山斗門以漁、農為經濟命脈，說不上富甲一方，但若是大戶人家，已經可以自給自足，不假外求，甚至與世隔絕也未嘗不可。

陳家二房門院寬廣，右邊外圍引水入塘，成為一個私人魚塘。

對於像光明這樣的小孩來說，魚塘大得彷彿碰不到邊界，怎樣走也走不完。

來到二叔的家，天還未認真亮。光明沒有走進前廳，只坐到魚塘邊。太陽開始爬升，鳥兒啁啾，游魚出來活動，在水中劃潑出種種波紋。

他專等二嬸出現，一家的女主人，通常是最早起來的一個，最勤快，巡視一遍，才開始一天的作活。

二嬸還沒有出現呢！光明自覺無聊，拾起身旁枯黃的葉片，一塊一塊扔進魚塘，耍來唬魚兒。

一塊一塊的浮在水面，只不過幫魚兒打傘。

「光明，幹啥！」後面有人喚他。

二嬸已經站到他身後來了，光明立刻起來，喊聲二嬸，後者笑盈盈。

「這麼早過來，看魚兒？要釣魚嗎？去問楠叔要魚絲、魚餌吶！」

「好的，謝謝二嬸。」又問：「二嬸，哥哥要搬來跟你住？」

「是的。」

「不叫二嬸叫媽媽？」

想一想，猶豫，還是點頭認了。

光明轉身，專注的望着魚塘。

「怎麼啦，光明？捨不得哥哥？」

光明不響，忽然問：「魚塘有多深？」

「深淺不同，水深處人站起來也看不到，淺水地方到腰部也有。」

「淺水地方掉進去沒有危險？」

「很難説，淺水地方泥牀有時鬆巴巴，一滑腳也有危險。」

光明皺眉，又盯着魚塘。

陳二嬸低頭問：「怎麼啦！」

「我擔心哥哥！」

「什麼？」

「如果他掉進水裏，一定會被淹。」

陳二嬸會意，失笑。

「傻孩子，你哥哥已十歲啦！會掉進水裏？就是掉進去，不會求救？」

「別的孩子會，哥哥卻不敢說。媽媽常常說，哥哥是長不大的娃娃。去年夏天，打風前一天，天氣悶熱，哥哥不見了，原來把自己整個人浸在水缸裏，媽媽大聲喚他他也不回答。」

陳二嬸聽得面容扭曲。

「竟然有這樣的事！」

「後來找着了，猛扯他，也不願上來。」

「太可怕了，不是真事吧！」

「他常常不吭一聲，大家都知道的。」

陳二嬸回想，確實是這樣，捧着書默不作聲，當時只覺又俊秀又可愛，並不留神！

「二嬸，哥哥以後每天都會見到魚塘，圍起籬笆吧！」

陳二嬸撫着心口，只覺窒息的不能呼吸！

傍晚時分，楠叔來找陳大嬸，說陳二嬸請她過門一趟。大概是一個時辰以後，她回來了，表情怪異，也不忙進屋，只打手勢叫光明出來。

兩母子坐到門檻上，一輪清輝掛在樹頂，有點朦朧，有點不踏實。半晌，光明聽見媽媽在幽暗中的聲音：「二嬸說，光輝是大兒，應該留在家繼後香燈，所以，現在換你過繼做他們的兒子。」

「啊！」

「太倉卒了！」陳大嬸輕聲道，聽得出滿是歉意！

第八章 Burberry

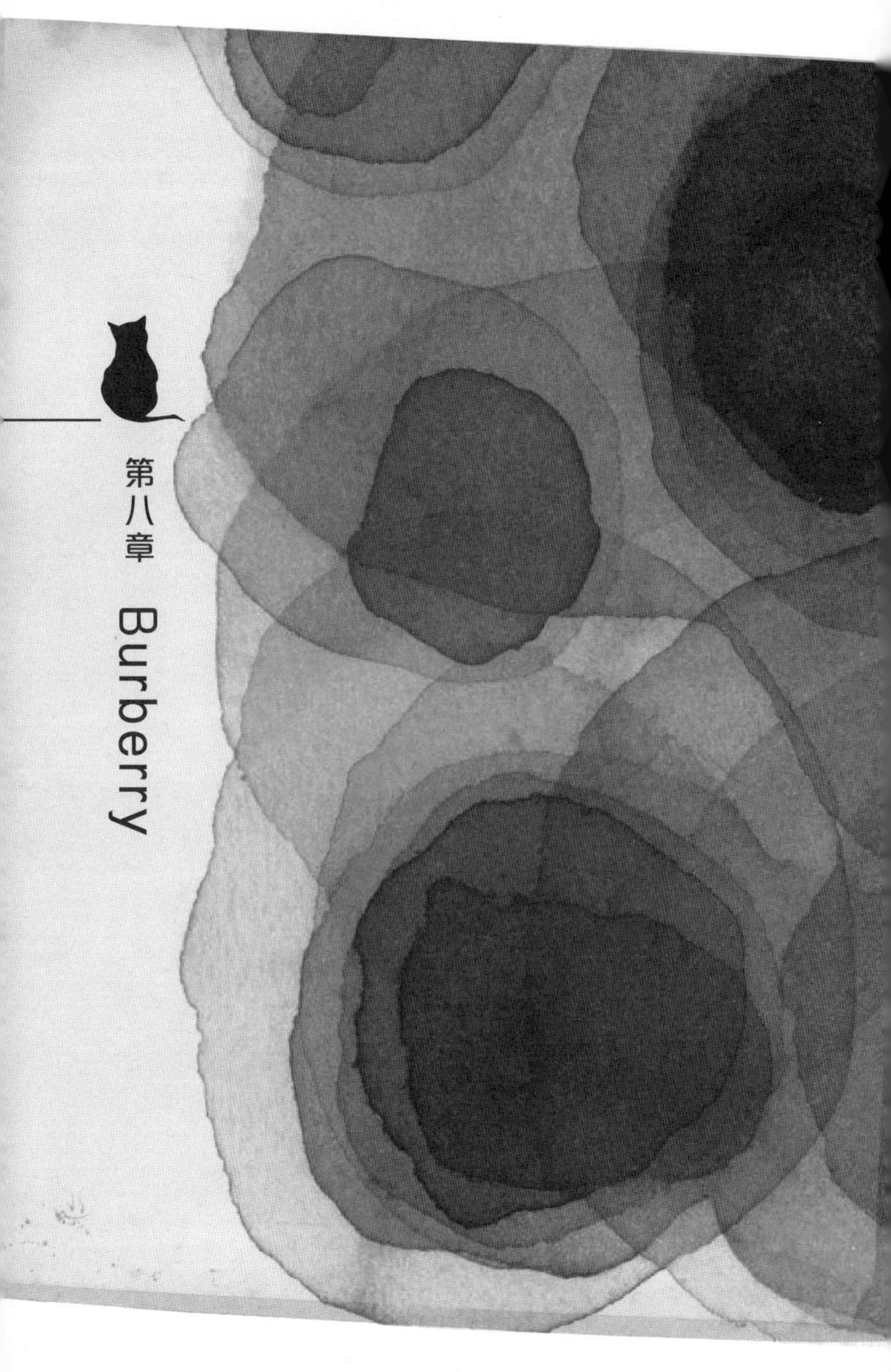

1

周閏發向居巽圓投訴：「Burberry！哪門子的線索！那位智能偵探很智能吧！」

「有待改進，不是已經説了，只好等 GB4！」

「案件仍未有進展啊，怎能等！不如我等你還快捷。巽圓姐，如果你的夏威夷之旅已經結束，請移玉步來雲南。」

「唔，我的夏威夷之旅早已完結，但俗務纏身。況且，偵探社要有信譽……」

「如果無法破案，更損信譽。」

「Burberry 不啻是線索，雖然 GB3 並不知所以然，但應該非常重要。這是一個服裝品牌，以格子設計聞名。你認真想一下，運用你從前所學，又或者，像陳弱山一樣，需要一點運氣。你未曾好好欣賞怒江吧？不如出外走走，換一換腦袋。」

掛斷。

運用所學！且慢，巽圓姐為何知道陳弱山幸運！眼前一亮！她一直有追蹤案件的，要我去怒江？那就事不宜遲，立刻出發。

黃恩霖來到怒江邊，四處張望，手上，拿着一個格子紋手挽袋，Burberry！

天色低沉，江面翻起一陣陣涼風，三兩遊人，都是結伴而來，並沒有黃恩霖約見的人。

他開始有點焦急，這個時候，口袋內的電話響起，他接聽，對方的聲音很模糊。

「你說什麼，喂……喂……」一面向江邊走去。

周閏發來到江邊，有點失望！

這一段怒江，遊人較多，但比在酒店房間下望的遜色，河堤狹窄，河流急湍，並沒有什麼看頭！遊客仍見疏落，又或者天已近晚。

遠處，只有一個男人，愈來愈走近江邊，突然，看見男人手上的……Burberry！再看清楚一點，黃恩霖！

這個時間，他一個人為何拿着 Burberry 在江邊走來走去？Burberry 內藏什麼？

這個人，現在筆直的跑得愈來愈遠，沒有看錯吧？開始爬上江堤。

要自殺！快速閃過念頭。他就是殺人兇手，現在畏罪自殺！

「喂……喂……」飛奔過去。

已經爬過堤岸，要縱身下躍！周閏發撲上前，扯住他的手。

「回來，不要做傻事！」

「我一定要，我一定要投身怒江。」他掙扎！

「你一定不要，你跳下去，從此永別！」

「我別無選擇，一定要投身怒江。」

二人在江上左搖右擺，險象橫生，終於，黃恩霖擺脫了周閏發，再踏前一步，就葬身怒江。

「哎喲！」黃恩霖已掙脫了周閏發，周閏發一時情急，扯住那個格子袋。

黃恩霖竟然停步，怔怔望着Burberry袋。周閏發趁機，毫不猶豫，千鈞一髮，用盡全身氣力，把黃恩霖推落地上，他如夢初醒。

2

「喝一杯吧，喝盡它。」在周闓發的酒店房間，周闓發遞給黃恩霖一杯熱可可。

周闓發給黃恩霖三個選擇：派出所、醫院、酒店，黃恩霖選擇了酒店。

「你為何想不開？為何做傻事？」

「我沒有想不開，也沒有做傻事。」黃恩霖惘然的。

「那你在怒江做什麼？這個時候，一個人在江邊徘徊。」

「我約了人，只是，那個人還未出現。」

「約了什麼人？所為何事？」

黃恩霖默不作聲，周闓發重複問題。

黃恩霖答：「我沒有必要答。」

周閏發一呆，真的，他不能因為對方救了自己一命便有問必答。

忽然，望見他身旁的格子袋。

「這個袋，這個袋？」周閏發還未想到要問什麼，黃恩霖已面青。

「我不能去派出所，我不能去派出所，求你放過我。」明顯是做了虧心事。

這時，門鈴響，應門，又是快遞。

周閏發打開快遞文件袋，文件寫着的一行：偷竊強逼症。

望一望房內神情萎靡的黃恩霖，沒有指名道姓，分明是指他啦！原來有偷竊強逼症！

這次任務，遇到的有人格障礙的，也有心理障礙的。

這個世界就是不完美！想起自己最喜歡的史諾比漫畫，那位缺乏安全感、露西的弟弟奈勒斯。

好吧，只好扮心理醫生！周閏發走去浴室找來一塊大浴巾，掏出私人十字剪刀。

「做人呢，在何處跌倒，就在何處爬起來，把心中垃圾逐件逐件清除吧！」

把剪刀和浴巾遞給黃恩霖。

「放心，我不會偷聽。你倒出了心中所有不快，便敲敲門叫我出來。」指指浴室。

周閏發昂然走入浴室，清脆的鎖上門，時間跑得非常緩慢，匆忙間沒有帶電話，快要以為地球已經停止轉動時，盼望中的敲門聲終於傳來，他馬上開門。

黃恩霖面容哀戚中又帶點釋然。

浴巾已給剪成碎片，扔進廢紙箱中，幾乎滿溢，每剪出一塊，就是偷竊所犯的罪，偷竊的東西可真不少。

「你預備物歸原主？」

「其實，每次偷竊都已經物歸原主，或作出賠償，因為有誼父！」

「原來如此。」

「不怕見笑，過去一段時間，我並非去牛津讀書，而是給誼父送了去瑞士治療。」

「有效？」

「算是吧，聽修士說的，學習接納自己。還是剛才的徹底，認錯，放下心頭大石。如果早點遇到你，就不會一回來又犯錯了。」指一指Burberry。

「這個也是偷的？」

「有點複雜，不純粹偷，總之，不要將我送交公安！」

有點莫名其妙，周閏發憑直覺知道他沒有說謊，但如果只是失物，跟謀殺案又有什麼關係？

必得查問清楚，幫了對方一個大忙，相信會有問必答。

「這個袋子你從哪兒偷來？當時裏頭放了什麼？」

「這個袋！」黃恩霖掙扎，思量怎樣回答，倒沒想像中的爽快。「偷回來時裏頭什麼也沒有。偷走時，都知道很容易事敗，這種款式在芒市絕無僅有。但我有強迫症嘛，一瞥見，便有強烈的佔有慾，然而，一次也沒拿上街卻被識穿！物主找上門。」

「物主找上門……裏頭什麼都沒有。……」周閏發沉吟。「如我理解正確，這個袋是藏在一個比較隱密的地方，給你偶然發現的，而不是在街上，或者在百貨公司給你相中了，給你順手牽羊。」

「周先生，所以你是偵探我不是。」

「物主怎知道是你把袋取走？」

「我也想知道啊！我把袋從藏着的地方取走時，根本沒有人看見，所以，昨天晚上有陌生人打電話來叫我交還時，我便赴會。」

「就是約了今晚在怒江？」

黃恩霖點頭。

「為何又要自殺？」

「我自殺？」

3

黃恩霖與程湘分手，立刻去找派出所的小區的大隊長，那是一名老幹部，黃恩霖跟他算不上稔熟。但大家都知道，只要有利益，大隊長跟誰都可以一拍即合。

「彭隊長，我這位誼姐為人爽快，只要我們能幫她把遺產弄到手，她不會虧待我們的。」

「只怕遺產不知道是什麼爛銅爛鐵。陳弱山的遺產，明的，都被捐獻啦！」大隊長不打誑。

「費那麼大周章，不會是完全沒有價值的東西，恐怕有關單位走漏眼了。」

說得大隊長不吭聲，俄頃，低罵一句：「死老怪！」

黃恩霖心中不悅，但不表露出來，接着說：「大隊長你幫年輕的一把吧！」

「成！」大力一拍大腿，「照顧積極上進青年，是我最樂意的。不過那位程湘無論如何都是陌生人、外來人，需得證明她和陳弱山的關係，事情才好辦，也不能明目張膽的強搶。」

「當然！律師行也好交差！如何證明？」

「還不容易！做親子鑑定不就簡單！」

一言驚醒，想到就做，黃恩霖立即告辭。

「且慢！」大隊長叫住他，「我多番點撥，年輕人也不知規矩。下次見面，必須帶見面禮啊！」

「唷！說的是。」

自己也真的太大意了，掛電話給珍嬸，約對方交收大屋鎖匙，拿到鎖匙，便直奔陳弱山的家。

Paranale 聽見開門聲走出來，一見是黃恩霖，招呼也懶得打便走開了。

黃恩霖非常無癮，自顧自走入睡房，打開衣櫥。名貴的衣服鞋履排滿一櫃，他專撿查外套大褸，特別是最昂貴的皮大衣，因為不輕易拿去乾洗！

不費吹灰之力，已找到屬於陳弱山的幾根頭髮，即時在房內掛電話給程湘，着她也預備幾根頭髮。

「在賓館會合，我馬上過來。」

對方答應了。

走的時候，不忘在誼父祭桌前鞠躬行禮，關上門的時候，在門外，留意到花瓶。

陳弱山曾經提過花瓶的來歷：縱使不是國寶級的古玩，也不可以平常用具視之。

「你隨便亂放？」當陳弱山把花瓶放在門口作雨傘架時，黃恩霖好不驚訝。

「我的東西誰敢動！」一笑，意味深長：「除非是你！」

原來放此給我一個試驗，用心良苦！黃恩霖不免多看一眼。

大隊長說要見面禮，不如就送這個花瓶，為誼父的遺產奔走，不算偷吧！

誼父真的很有聲望，露眼的財物放置多時，人去樓空，也沒有人來碰。

他俯身察看，嘗試移動花瓶，分量不輕！太費勁了吧！

伸進瓶內的手好像碰到什麼，探索，拉出來！是一隻 Burberry 牌子的名貴手挽袋。

怎會塞到這兒？這個款式，在芒市從沒見人挽上街，說不定是限量版。是誼父的？

雖說是男裝，用來放少量物品，出海或者做運動，可是誼父一不出外，二不做運動。

黃恩霖知道，陳弱山是這個牌子的長期擁戴者！

突然，偷竊的念頭蠢蠢欲動，強烈的慾望，四下無人，也知道沒有攝影機，只在山腳大閘裝置監視器。

可能不捨得送給大隊長，拿回去再說！他折返屋內，找紙袋，然後把手挽袋順手牽羊。

這趟，Paranale 竟然寸步不離，看着他的一舉一動！

做了親子鑑定，確定了陳弱山和程湘是父女關係之後，黃恩霖買了一隻名錶做見面禮，打算再約大隊長。

Burberry 一來捨不得，二來，太顯眼了，順籐摸瓜，始終會查究到自己。

掛電話給大隊長，出乎意外，對方的態度已經相當冷淡。

「暗路又變回明路啦！保險公司居然還找來偵探，你不用拜託我啦！」

黃恩霖惟有說千萬聲對不起。

「下次查清楚再找我，免得浪費時間！」

黃恩霖也非常失望！沒有把握通過考驗，拿取遺產。突然，有一個陌生號碼的來電。

「喂！」

「黃恩霖先生，」合成的聲音，「想問一下，我的手挽袋安全在你哪兒？」

喘氣，不受控制發抖。

「你是誰？」

「偷竊強逼症始終不能治癒？辜負陳先生他老人家了，還要遺產嗎？」

黃恩霖驚得啞口無言。

「趕快把袋子歸還。」

合成聲音叫黃恩霖去怒江，說：「屆時會再有指示。」然後掛斷。

4

「你是約了物主？」

「是的。」

「但物主沒有現身？」

「我不知道，或者就在附近也說不定。我認為，他早晚會現身。」

「你肯定？」

「我想過了，物主為什麼把手挽袋藏到花瓶內？必是有不可告人的秘密。」

周閏發跳起。

「你懷疑與陳弱山的死有關？說不定是兇手留下的？」

「這是合理的推測，即使毫無根據，任誰都會向這個方向推測。」

「非常同意。」

周閏發沉思，但依然沒有頭緒。

「你不是去怒江自殺，為什麼又爬上堤壆？更想縱身而下？」

「自殺？我會嗎？」

又一次惘然。

「愈走愈開時，只覺萬念俱灰，彷彿有個聲音催促：你別無選擇，一定要跳入怒江。」

黃恩霖一邊説，周閏發一邊回想當時的驚險鏡頭。

他挽着袋子向怒江走去，單手爬上去。

為什麼單手！只一隻手！完全想起了——一隻手在拿電話。

「有嗎？」

像給洗腦一樣，黃恩霖完全沒有記憶。

5

程湘接到 Richard 來電時，正準備出去。

「承繼遺產的事宜按原定計劃舉行，抱歉拖得太久了。」

程湘也覺得律師事務所辦事不力，但也不好再埋怨。

看來，黃恩霖抄小路獨吞遺產的謀算已經告吹，而且，沒有了黃恩霖的消息。她不禁問：

「他——的謀殺案有眉目？」

不想再直稱其名，但也不想叫爸爸。

「沒有頭緒。」

「噢！」

「請你明天下午三時準時抵達。」指的是陳弱山大宅。

「每個繼承人有三十分鐘和先人的告白。除了我，旁人是不會知你告白的內容。」

Richard 將程序清楚說明：「然後五時在大宅集合，馬上公佈結果。明白了？」

程湘說：「非常清楚。」

程湘又問：「已經通知黃恩霖？」

「對不起，不方便透露。」

程湘才想起，羣組有一段聲明：已進入執行階段，各準承繼人禁止私下互通消息。

Richard 掛線了。

Richard 致電各人以後便離開下榻的酒店，在大堂，差點碰到一位剛剛從餐廳步出的妙齡女郎，她穿着耀眼的運動服。

「對不起！」Richard 作揖。

那女子報以微笑，搭乘升降機回房間。

6

應用程式傳來一個「愛倫坡」在哪兒的尋人遊戲，周閏發馬上在紛亂的畫面找愛倫坡，得出芒市酒店302。要去酒店？真奇怪，又有誰要自殺？

更奇怪的是，應用程式出現The End句，然後整個程式消失，GB3竟然完成任務了，那我怎麼辦？

周閏發一面搖頭歎息，一面奔往酒店，敲302號房門。門打開，嚇一跳！

「巽圓姐！」

「快進來。」

周閏發一進去，居巽圓馬上關門。

「你怎會來了芒市？這有違保險公司和律師事務所的協定，你是這樣說的。」有怪責老闆的意味。

「沒有違反，」居巽圓面露得意之色，「因為，我是應另一位委託人之命而來。」

「誰？」

「章大姐！」

「啊呀！」

「章大姐回到香港以後，忽然想起青年中心主任到底像誰，她於是委託我徹查陳偉雄。另外，她很想知道是一份什麼遺贈。」

「原來如此！」

周閏發有點失落！以為已經取得章大姐的信任。

「查到陳偉雄是誰了？」

居巽圓點頭，一五一十將調查結果告訴周閏發。周閏發一面聽一面露出驚訝表情。

「巽圓姐，你查到的可真夠多了，你來了多少天？」

周閏發自慚形穢！

「我來了三天，你也不用自責，你的努力並沒有白費。」

居巽圓很了解周閏發。

「來了三天！你騙人！」

即是說，上次通話時已在芒市。

「讓你專心查案嘛！」

說到查案，周閏發想起黃恩霖自殺的一節。

「巽圓姐你真的料事如神，為何預知黃恩霖會去怒江？」

「有樣東西叫追蹤器！」

周閏發一怔！追蹤器，怎麼沒有想到！沒那麼驚慌了，否則，料事如神的居巽圓很恐怖。

「這一追蹤，卻幫了我很大的忙。」

「此話何解？」

「我已猜測到誰是兇手。」

周閏發不是味兒，他多麼希望破案的是自己。

「巽圓姐你一向都料事如神。」搔頭。「兇手是誰？」

「賣個關子，還待你來揭盅。忘記了？我不能介入。」

周閏發轉憂為喜，精神為之一振。

居巽圓續道：「我鎖定了兇手，但我想不通他如何行兇。完全不着痕迹，落毒到有汽檸檬水不費吹灰之力，但怎樣偷龍轉鳳讓陳弱山喝下致命汽水，卻百思不得其解。」

「或者珍嬸買的時候已經被掉包，陳弱山從冰箱取出來喝時就中毒了。」

居巽圓搖頭。

「太沒把握了。六枝汽水，你不知道陳弱山選取哪一枝，所以完全不能確定謀害的對象何時死亡。兇手也想到這點了，你沒有留意有毒的那一枝跟其他的容量不同？」

「有留意。」周闓發說：「即是說，黃恩霖投江，讓你破解了這個關鍵？」

「全中。」

「那是什麼？」周闓發發急的問。

居巽圓將她的推論詳細告訴周闓發。

「啊唷，完全無法想像。」周閏發歎為觀止。「我現在明白黃恩霖的怪異行為了！」

「你說明一下。」居巽圓加以鼓勵。

「兇手用 Burberry 來裝着有毒的飲料，袋子被放到花瓶內，那是兇手想到的唯一最佳處理辦法。不過這只是暫時性的，得着機會他早晚會去取回。誰知在兇手還未有機會取回之前，袋子已無意中落在黃恩霖手裏。」

「你都掌握了狀況。」居巽圓嘉許。

「兇手就想到，用殺害陳弱山的同一方法來對付黃恩霖，黃恩霖無端成了陪葬品。」

居巽圓順勢問：「那袋子在哪？」

「暫由我保管。」

「那你要小心，為了毀證，兇手可能轉而對付你！」

「好啊，那就不用千萬人中來尋兇了！」磨拳擦掌，「巽圓姐，遺贈的又是什麼寶貝？」

「遺贈！」居巽圓一笑，「這位陳弱山先生原來真是幸運星。很多年前，他在澳門路環的一位老同學，帶他參觀在路環的故居，當時老同學慨歎兒孫都認為路環沒有發展，選擇離開，這故居將來不知如何。」

「陳弱山二話不說便買下了。」周閏發接腔。

居巽圓點頭。

「陳弱山承諾在同學有生之年都會保留故居的原貌。這是陳弱山購入的第一塊地皮，因為沒有價值，老早就忘了。直到他從賭城救出一個賭徒，賭徒無以為報，送了他一份建築圖則，說是自己的夢想屋，預備將來找地皮建築自住，現在拿來獻給恩人。」

「陳弱山是藝術家，一定非常有興趣看看圖則變成實物會是怎樣。哈哈！」

「再對也沒有。我上網看過了，三層樓設計，有如水晶宮。」

「好傢伙！滄海桑田，路環現在賭城林立，這三棟屋現市值多少？」

「估價一億五佰萬。忘記說了，地皮上興建了三座這樣的水晶宮。」

「嘩！」

良久問：「可能，因為兇手並不知情而下毒手。即使只拿到一棟也可富甲一方，何必呢？」

「你是假設兇手是遺產繼承者之一？」居巽圓挑戰。

「不是？」錯愕。

「誰知呢？一切都是建基在推測之上。這宗案件最傷腦筋的是沒有人證、物證。兇手矢口否認，我們便毫無辦法。現在最迫切的是確認我的推論，其他的，見步行步。」

「巽圓姐，你要我做什麼？」

「我要取得案發當日陳弱山屋苑大閘的所有錄影帶。」

「包在我身上。」周閏發説。

7

當天晚上，周閏發就把錄影帶弄到手。

「你潛入保安室？」

「何用這樣麻煩！」輪到周閏發賣弄。「在我們祖國，財可通神，你只要買通保安員，他就會自動獻上錄影帶，當然是山寨貨。」

「唉！」

二人觀看，案發當晚看不見任何可疑人物出入，到了約晚上八時，停車場拍攝到陳弱山歸來。他泊車，下車，手中竟然拿着那個 Burberry 手挽袋！

「Bingo！」居巽圓雀躍，和周閏發擊掌，「我的推論完全正確。」

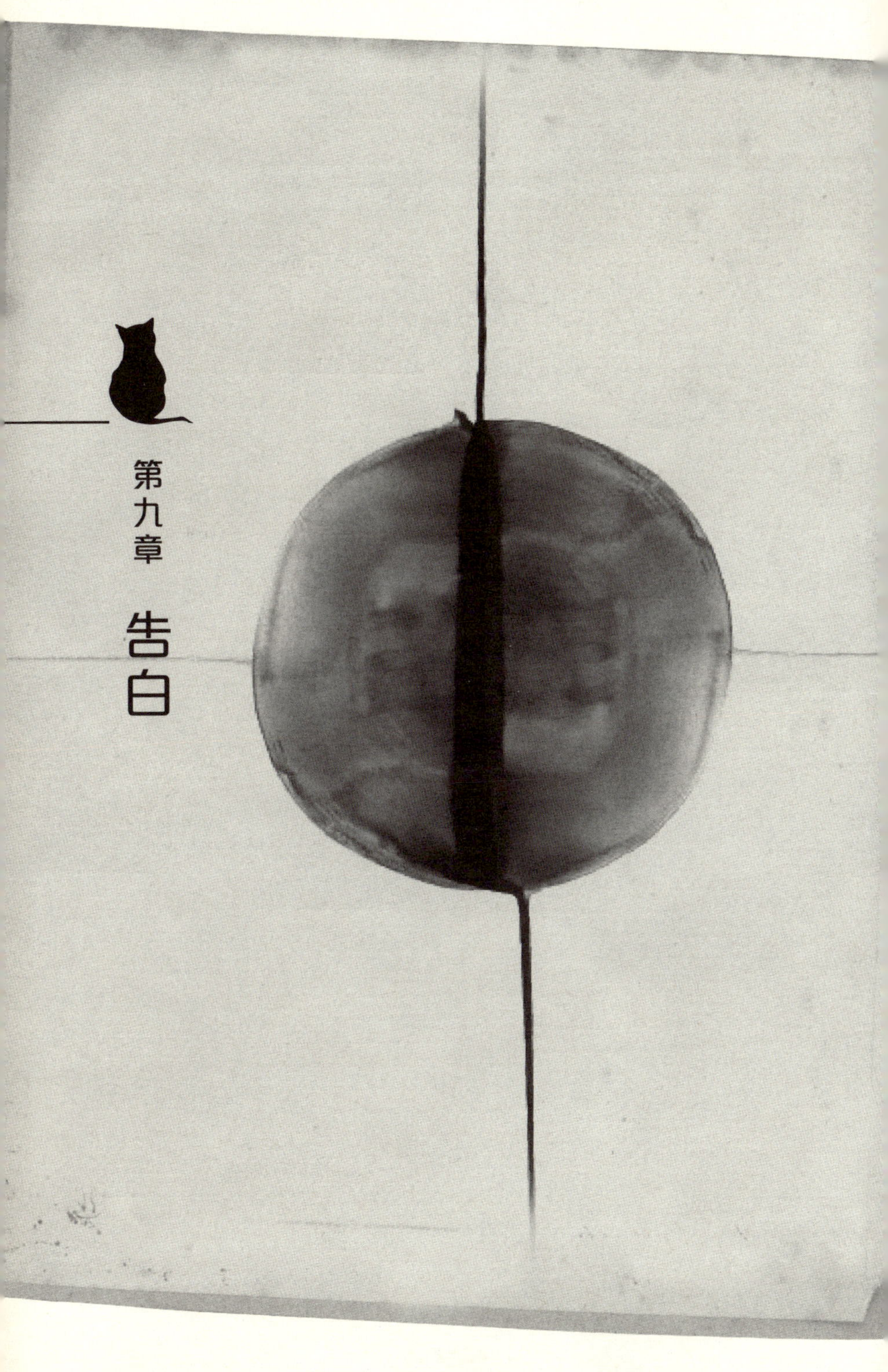

第九章 告白

盧涵告白：

薘舅公，我是盧涵，是你姨甥盧餘人的兒子。如果我説自小你已是我的偶像，可能你會認為我浮誇。我承認，我對你的認識非常片面，你的背景、你如何生活，不要説片面，簡直就是一無所知！

但這確實是偶像和崇拜者之間的關係，看到美好的一面而崇拜着，憧憬自己有一天像偶像一樣給人仰慕崇拜！

而偶像不為人知、負面的的一面，我倒不願揭開、承認！

説説我自己。我自覺十分幸運，在競爭非常大的香港，至今我仍能按着自己喜歡的方式來生活，有女朋友，有結婚的打算。

我不會因為生活壓力而放棄自己的理想；至少，到目前這一刻都是如此。

當然，生活有保障，不用憂柴憂米，更不容易向現實低頭了。所以，我一知道有遺產要繼承便跑來了。不是貪婪，擡舅公自然明白。

我也必須向你坦白，對於年輕人來說，這兒的生活原來十分乏味，也如我們廣東人所說的「無啖好食」。我又嘗試去 Hill Café 幫忙，原來經營咖啡店一點也不簡單。咖啡這門學問，簡直是難學難精！如果遺產是不動產且在芒市，我會說服人爸棄權。

告白完畢。

忘記了，你給人謀殺！希望警方早日緝拿兇手，你早登仙境！

麥美好告白：

陳弱山先生，我不知道要向你如何赤露敞開，要有多大程度的坦白，何況有第三者在場。

我也不知道遺產的分量，既然如此，不如，我就打定輸數，以拿不到遺產的心情來剖白吧！

你我非親非故，當我看到你給我的信時，不禁失笑！這世界，真有這樣天真的人，將財富不計利益的送給別人！

如果一個人，單靠純真、單靠運氣就可以財源滾滾，那麼，我們這些掙扎着生活、計算着生活的，真是白活了，不如就此了結餘生算了吧！

為了按着我對殘酷現實的認知繼續生活，我只好來否定你了，你其實並非天真，並非幸運。雖然我不認識真實的你，但真實的你或許暗昧良知也說不定。

有誰知道呢！不下一次，我見你作噩夢！你滿意我如斯坦白嗎？你能接受嗎？

還有，殺死你的人真該千刀萬剮！你值得存在的，無論基於什麼理由，至少，你對社會、國家有貢獻！

最後想說，你不用介懷，你知道我指的是什麼。如果說你有病，我也有病，全世界都病了。

程湘告白：

我連怎樣稱呼你也拿不定主意，告白更不知從何說起了。

多年來，媽媽都說你是膽小鬼，又說你不負責任，一知道她有了身孕就逃之夭夭！用這個年代的眼光來看，其實也沒有什麼大不了。當日你們都很年輕吧！媽媽說你十九歲，一驚便走開，也很自然。

可是，你知不知道，你把我扔擲到一個怎樣的世界？只有埋怨、只有沮喪、永遠消極的世界！

應對這樣的一個世界，我的方法就是謾罵、張狂和對抗。還幸我並沒有效法你一走了之，而是選擇與媽媽相依為命。

當我知道你有遺產相贈，我真的很高興。你終於作出補償，你的遺產要足夠補償我和媽媽完全走調的世界才好。

我不知道你愛不愛媽媽，我可是十分愛她的。

黃恩霖告白：

誼父，我愛你。

第十章 空中花園

五時，大家齊集在陳弱山的大宅，除了四位準遺產繼承人以外，還有派出所來的公安房梓、保險公司代表周閏發、遺產執行見證人陳偉雄。

Richard發言：「各位晚安！四位繼承者都先後作出告白，我可以作證。接着下來，即將公佈遺產內容和誰能獲得遺產。……」

這時候，房梓站起來發言：「可是大家都知道，發生了兇殺案，兇手仍然在逃，我謹代表鎮公安知會大家，即使遺產分配了，還不能領取，直至破案為止。」

各人也沒有驚慌，在國內生活多年，已習慣了官員的技倆，可是，連貪官在海外的黑錢都無法追回，官方又有何辦法阻止循正常手續流動的財產？

只不過來留難一下，伺機敲詐，各人心裏自有籌謀。

反而，周閏發仗義執言：「公安先生，譬如，遺產不在國內，不由國家來管轄，又當如何？」

「又是你！」房梓好沒氣，徐徐從袋中掏出記事簿，原來有貓紙，原來有備而來。

「首先，陳弱山先生在國內一直有納稅，不怕得罪，他生前捐出所有資產，無非都是逃稅。今趟，再不能逃了，遺產稅按價值一分一毫得計算清楚，此其一……」

「太可笑了！」黃恩霖冷笑：「我倒要睜大眼一撇一捺看清楚，大隊長如何扭轉乾坤。」

已認定大隊長是幕後主腦，房梓不反駁，繼續：「其次，一日未破案，懇請你們留在芒市，多謝合作。」

「公安先生，你在暗示什麼？」麥美好扮無知。

「公安先生玩誰是兇手遊戲。」

「即是說我們中間有人是兇手？太可怕了！你們真的這樣認為？」麥美好撫着心胸狀若驚慌。

「麥女士，對於我們的國家，不要怕，只要信！」程湘說。

「這位女士，小心你的舌頭。」房梓疾言厲色。

Richard立刻打完場：「還是回到正題上。」又不忙多謝鎮派出所的提醒。

「陳弱山先生留給大家的遺贈，是一個有三棟獨立屋的屋苑，在澳門路環。面積不算大，每棟有三層，因為地皮位置狹窄，地面沒有花園，但樓宇設計獨特，垂直採光，由屋頂到地面，滿植花草，外牆以玻璃為主。雲霧籠罩的日子，住客有如置身空中花園。」

說得各人嘩然，嘖嘖稱奇，十分雀躍，唯獨陳偉雄木然。

「那麼，這個屋苑現在市值多少？」黃恩霖急於知道。

「現在估值約五億。」

又引來竊竊私語。有人說從來沒想到是一筆巨款，亦有人認為，銀行低估了物業的價格。

「有理由的，」年輕律師解釋，「屋苑不能分層出售，而且……」

視線轉向公安：

「由於設計獨特，既富藝術感又環保，引起國際有關組織、機構關注。因此，在五年前，陳先生很慷慨地將屋苑交由一個國際性的藝術保育基金管理。屋苑的租金，有百分之二十撥入基金，也基於這個原因，屋苑已豁免了遺產稅。」

「哦——原來這樣！」房梓明顯不滿，意味深長的望 Richard 一眼，「為何不早說，你把我們公安變成傻子了。」

「我根本沒有機會……」

「我非常認同房梓！」出乎意料地，一直保持沉默的陳偉雄竟然附和，「你請我做見證時，理當向我表明遺產的性質。」

Richard 不明所以。

「原來遺產不是私人性質，已經是國際事件。」陳偉雄進一步說明。

「如果是國際事件又怎地？」依然摸不着頭腦。

「噢，」麥美好倒抽一口氣，「我們這些小人物，只是平淡過一生。怎麼辦？要經常見報，要活在別人目光的監視下。」

又一次表現得可憐兮兮！

陳偉雄好像給說中心底話的僵直，可是，跟他又有什麼關係？

「言歸正傳吧。」程湘不耐煩。「我倒沒有所謂，反正我不一定拿到遺產。不過，想不到為了把自己打造成善長仁翁，陳弱山先生會去到那麼盡。」

「我倒認為有藝術保育基金是好事，省得麻煩，我更喜歡物業所在位置。」盧滔笑瞇瞇，認定自己會分享到遺產。

沒有留神的，周閏發靜坐一旁，觀察各人的反應。

「好了，簡單的說，遺產繼承人每月收租就可以了。此外，須推薦一人入花園管理董事會做董事，僅此而已。」

Richard 從公事包取出六封信。

「這六封信，陳弱山和遺囑一併交給律師事務所保管，吩咐這個時候派給你們。」照着信封上所寫的名字朗聲讀出，各人出來領信。

「這封給陳弱泉，已經棄權，」Richard 拿着餘下的兩封，依舊讀出。「最後一封是陳光輝的，聯絡不上他本人或至親。」

Richard 把信封放回公事包，陳偉雄面色驟變！

「請你們親自讀信。遺產的秘密就是，告白是必須的第一步，如果沒有做第一步的人，不管原因為何，都不會得到這封遺書。」

「也就是說，告白內容不是重點，坦誠地溝通才重要。」黃恩霖恍然大悟！

「如果你認為對方無法溝通就不溝通，肯定大錯特錯。」盧涵立刻接腔。

兩個年輕人因着自己的小聰明十分興奮，又互相增加了親切感。

「另一個秘密就是這封信，請你們各自拆開閱讀，讀後告訴我，你認為自己是不是遺產繼承人。」說得各人一臉錯愕。

「我認為自己是就是？」

「完全正確！」

大家帶着滿腹疑竇拆信，細閱。只有一頁信紙的信，閱畢，各人表情不一，繼而陷入深思！

良久，Richard 拍拍手，把眾人的魂魄召喚回來。

「預備宣認了？Lady first。麥女士？」

「我非常樂意按陳先生的要求做遺產承繼人。」麥美好毫無掙扎，率先承認。

其餘的準繼承人會心微笑。

各人的目光落到程湘身上。程湘感覺到目光的壓力、冀待，她猶豫、思想掙扎，最後鼓起勇氣，下定決心，說：「我相信我是冀望中的遺產承繼者！」

盧涵大力鼓掌，之後，黃恩霖和盧涵相繼宣告自己繼承者的地位。四個人吁一口氣，彷彿完成了一項十分困難的任務。

「觀乎你們的反應，好像沒有人要爭取成為唯一的繼承者。」Richard 很開心，他樂見這個完美的結局。

「獨樂樂不如眾樂樂嘛。」程湘道。

大家都同意，壓力全消，開始暢所欲言，為將來的關係開始踏前一步。

「還有很多文件要處理。」年輕律師拿出預備好的律師樓表格，「請你們在上面簽名。

陳偉雄先生，也請你過來，在見證人欄上簽字。」

陳偉雄慢吞吞地走過來，面容難堪。

「簽字之前，我要看遺書。」

此語一出，一室驚訝！

「為什麼？」

「因為我有權這樣做！」

「連你也有權？很抱歉！」Richard有點後悔答應陳偉雄的毛遂自薦。「你要找遺產見證人吧？讓我來幫忙好了。」當時陳偉雄對Richard說。

「我不知道信的內容，就不能做見證人。」陳偉雄堅持。

「這個——你們同意嗎？」轉向問四人，大家都異口同聲反對，還說陳偉雄若覺得為難，可以不做見證人。

Richard見陳偉雄呆若木雞，又不知道他為何如此堅持，只得說：「你有更好的理由嗎？」

陳偉雄咬着下唇，面容扭曲，Richard有預感，他心底的怒火快要迸發。

「陳偉雄先生當然有充分的理由要看遺書，不過，他無法當眾說出他的理由。」

這時候，周閏發踏前一步，徐徐的說：「不如，待我來幫他說吧！」

第十一章 誰是兇手

1

周閏發走到 Richard 身旁，「借用一下給陳光輝先生的遺書。」

「不可以。」Richard 猛搖頭。

反而，其他的人都同意，「借給他啦！我們都一力承擔。」眾口一詞。

Richard 把信給周閏發，周閏發將信遞到陳偉雄面前。

「陳偉雄，只要你承認你是陳光輝先生的兒子，你便如願以償，馬上可以親啟遺書。」

「什麼？他是陳光輝的兒子？」

「陳光輝又是誰？」

陳偉雄不接信，但又不否認。

室內一片靜寂，已無話可說，靜候陳偉雄的動靜，俄而，陳偉雄從周閏發手中接過信，拆開閱讀。

過了一會，從信中抬頭，慘然！兩行淚潸然滾下，繼而大哭，最後不受控的大笑。

抽搐一輪後，把信一塊一塊的撕爛。

「一切都可以劃上句號了。我已經有真憑實據，證明老天爺是冷酷無情的，喜歡放冷箭；見到可憐人落難便竊笑，見到惡人前面有陷阱就幫他蓋上鐵蓋。」陳偉雄一字一句的說。

遺書被撕開散落一地，陳偉雄呆呆地望着，不再說話，眾人只好將疑惑的目光投向周閏發。

「哎喲，好啦！我代他說吧。」周閏發搔頭，「可我說故事一點也不動聽。這陳光輝的弟弟叫陳光明，當年二人的爸爸過世後，二人的二叔、二嬸便建議把光輝過繼給他們。陳光輝患有自閉症，就讓當時不願待在媽媽身邊捱餓的光明有機可乘。陳光明使了一點計謀，將原來過繼給二叔的哥哥變成自己。過繼以後，不再叫陳光明，易名陳弱山。」

「啊！」

「這個對換改寫了兩兄弟的命運。自媽媽死後，陳光輝的生活更潦倒，後來給一個鄉里騙了去新加坡築鐵路，結婚生子，寂寂無聞的客死異鄉。

「陳光輝育有一子，叫陳三千！陳三千非常討厭這個名字，更討厭自己有一個患自閉症的爸爸。他亦明知一個華人在異鄉的命運，於是他着意查考自己的名字來源，因而揭破了自己的身世。他對那個換掉爸爸身分、從未謀面的二叔從此懷恨在心，認為自己的人生讓陳光明搞垮了。他改了名字，反正由始至終他都憎恨這個名字，他改名叫陳偉雄。」

「怪不得，你借機親近陳弱山，就是要對他的生活攪破壞。所有的事情，特別是買賣石頭的生意，全是你精心策劃的。」麥美好完全想通了。「你好狠毒！」

「原來上天如此偏心，我再狠毒也沒有意思！」陳偉雄咬牙切齒。

突然，麥美好走到房梓面前：

「公安先生，陳偉雄在咖啡園種大麻，我可以做證人，我可以檢舉他。他的目的就是要讓人鄙視陳弱山，這位善長仁翁明幫青年人，暗裏卻是要青年人行歪路。」

房梓望一望陳偉雄，望一望麥美好，默不作聲。

「咦，難道種大麻公安也有份？怪不得可以變成合法！你們二人互相利用。」

「不要再説啦！」黃恩霖怕出事，麥美好也自覺多言，坐下。

「我不知道你是陳三千，而你又沒有告白，所以……你明白的。」

Richard 怕陳偉雄有公安撐腰硬搶遺產。

「這件事，我得回去請示上頭。」房梓看到遺產有轉機，想留一手。

「走吧，我沒有本事通過考驗。」陳偉雄卻放棄了，站起來，預備和房梓離開。

「且慢，公安哥哥，遊戲還未開始呢！」周閏發卻站到門口，阻止。

「什麼遊戲？」房梓摸不着頭腦。

「猜誰是兇手的遊戲。」周閏發臉露得意之色。

2

「兇手就在這個房間之內。」周閏發宣告。

立時，大家面面相覷，剛才建立的薄弱的互信即時撕破了。

「你已經查到誰是兇手？」房梓問，半信半疑，「那是誰？有證據嗎？」

公安對陳弱山的謀殺案茫頭頭緒，如果讓眼前這個香港小子破案，面子真的不知放到哪裏。

「其實，我也是靠一點點幸運——若不是兇手自動露出破綻。」

然後，周閏發從背包取出 Burberry 手挽袋放到桌上。

「兇手留下的線索就是這手挽袋子和——」

周閏發一轉身，指着黃恩霖。「和他！」

眾人一驚。

「沒有，我沒有殺人，你為何指着我？」黃恩霖呱呱大叫。

「你冷靜，我只是説，靠你，我知道兇手如何下毒手。」

「原來如此。」黃恩霖稍稍定神。

「黃恩霖，你記不記得前天晚上，你拿着這個手挽袋到怒江應約？」

「是！」

「約會的人沒有出現，你卻一步一步走出怒江，更跨過河堤，冀圖縱身一躍，了結此生，幸得我把你扯你回來。」

「啊！」程湘聽得叫了出來。

「我都說了，當時無端萬念俱灰，有個聲音在耳邊響起，叫我一定要跳下去。」

「這個聲音，你現在回想，是否來自電話？有人打電話給你，叫你望一望Burberry手挽袋，然後你就迷糊了。就像催眠師將袋錶在面前搖動的效果一樣，你被催眠了。電話裏的人一再說，你別無選擇，一定要投身怒江。是也不是？」

黃恩霖細想，完全是這樣！

「啊，我死裏逃生！」黃恩霖掏出紙巾抹汗。

「各位，這就是兇手謀害陳弱山的手法。兇手知道，公安知道，我也知道，他是喝了溶入山埃的有汽檸檬水致死的。至於兇手如何令陳弱山喝下有毒的飲料？就是用催眠術。」

「純屬猜測吧！」房梓不屑。

周閏發不理會，繼續說：「我翻查過大廈的錄影帶，見到陳弱山遇害的那個晚上，拿着你們眼前的這個袋子回家。這個袋，就是兇器的一部分，裏面放了那瓶有毒的飲料，而除了用催眠的方法，我想不出還有什麼方法讓受害人乖乖的把飲料帶回家，又喝下。當然，有人會說我在創作推理小說，可是，若沒有一點推理頭腦怎做偵探？如果推理成立，蒐證就容易得多了。」

「那你就用創作推理小說的方式說下去。」盧涵慫恿，「我不是兇手。」順便表態。

「遵命。催眠師說得很清楚：拿回家，放在門邊，放在花瓶的對面。」說得繪影繪聲。「我好像聽見催眠師這樣吩咐，而陳弱山迷迷糊糊的，把袋放在指定的地方就進屋。

後來，我有機會來到這間屋子，陳弱山的貓兒便坐到這個地方，告訴我，有個袋子曾放在那兒。」

「不會吧，Paranale？這樣有靈性？」麥美好說，不可置信，也順便申明自己不是兇手。

「你忘記了？當天就是你和我同來的。」

麥美好回想，卻沒有印象。

「有沒有靈性，待會你還有機會證實一下。」周閏發繼續他的推理小說：「到了晚上十一時許，家中的電話響，陳弱山走去接聽。又是那位催眠師，在電話裏，他叫陳弱山出去，從袋子中拿檸檬水喝，而袋子則塞進花瓶內。這樣，兇手不着痕迹，不用現身，便可以置陳弱山於死地。兇手很熟識陳弱山的生活習慣，能夠在陳弱山未喝家中的檸檬水之前行動。如果不是黃恩霖拾了Burberry，真是天衣無縫。」

推理小說突然結束，大聲說：「兇手，自己招供吧！」

各人你眼望我眼，猜測兇手是誰，唯獨陳偉雄低頭默不作聲。

就像玩「估領袖」一樣，不久，各人都心中有數誰是兇手了。

「沒有人認嗎？只好請出有靈性的偵探了。」

「Paranale！」

Paranale 從房中走出來。周閨發俯身跟她説：「Paranale！你主人死前，在電話聽到誰人的聲音？」

Paranale 毫不猶疑的走過去，來到陳偉雄面前，退後一步，用尖鋭的聲調，向着陳偉雄：「喵——」

斷章

「陳偉雄為什麼要殺礁舅公？有必要嗎？」阿姿問阿涵。

繼承者們碰頭，推舉屋苑董事代表。

「當一個人等候上天還他一個公道，而天公視若無睹時，他便只好替天行道了。」黃恩霖代阿涵回答。

「那封信是不是一式一樣的？到底寫什麼？」阿姿又問。

「喂，阿涵小子，你的女朋友是問題兒童，未到合法結婚年齡。」程湘笑說。

「沒有人回應我嗎？」

大家都沉默。

「沒有把信扔掉吧？拿來看看，成不成？」

「阿姿，你別白費唇舌，我們都把信收到保險箱內，也彼此協議，以後再也不提。」

阿涵說。

「不能對女朋友如此殘忍的，就最後一次吧。」麥美好說：「阿霖，交個任務給你，你能用兩三句話總結遺書嗎？」

「我接受挑戰。阿姿，信一式一樣，內容是關於悔悟和接納。陳弱山在信中懺悔，祈求原諒，又說，能接納他，即陳弱山本人，而又能接納自己的人，就是他的遺產繼承者。我說得對嗎？」

「說得太好了！碰杯！」

撕票

作者：阿谷

擁有多年歷史的老當舖，
在那高大的「押」字木牌後，
深藏了多少人生百態？

有誰會聯想到，
老當舖竟涉及罪案，甚至是命案？